KB237139

Johanes

요하네스

FANTASY FRONTIER SPIRIT

요하네스 2

지천우 판타지 장편 소설

초판 1쇄 찍은 날 § 2007년 3월 10일
초판 1쇄 펴낸 날 § 2007년 3월 13일

지은이 § 지천우
펴낸이 § 서경석

편집장 § 문혜영
편집책임 § 최하나
편집 § 문정흠

펴낸곳 § 도서출판 청어람
등록번호 § 제1081-1-89호
등록일자 § 1999. 5. 31
어람번호 § 제1-0806호

주소 § 경기도 부천시 원미구 심곡1동 350-1 남성B/D 3F (우) 420-011
전화 § 032-656-4452 팩스 § 032-656-4453
http://www.chungeoram.com
E-mail § eoram99@chollian.net

ⓒ 지천우, 2007

ISBN 978-89-251-0596-3 04810
ISBN 978-89-251-0594-9 (세트)

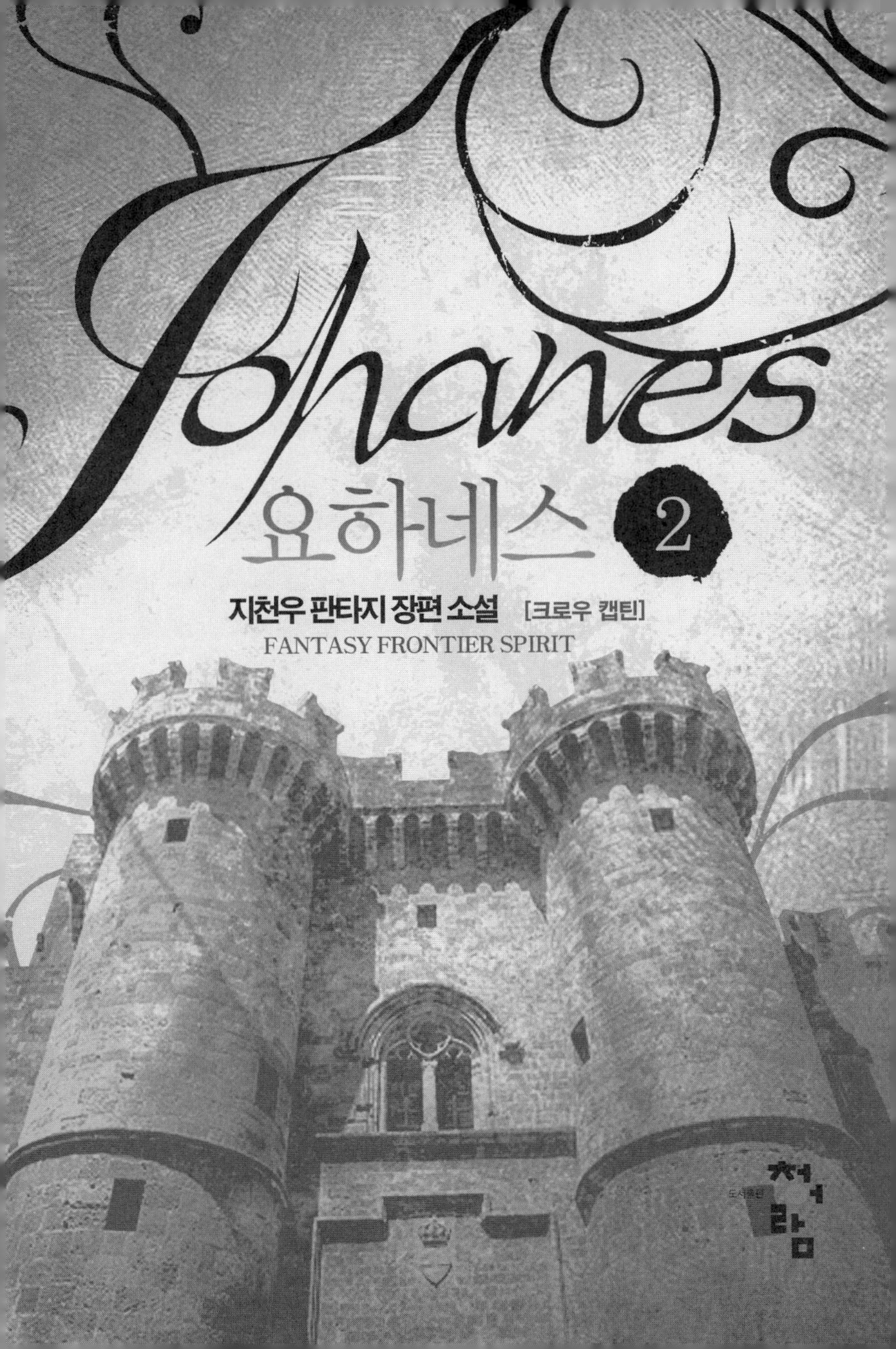
Johanes
요하네스 2
지천우 판타지 장편 소설 [크로우 캡틴]
FANTASY FRONTIER SPIRIT

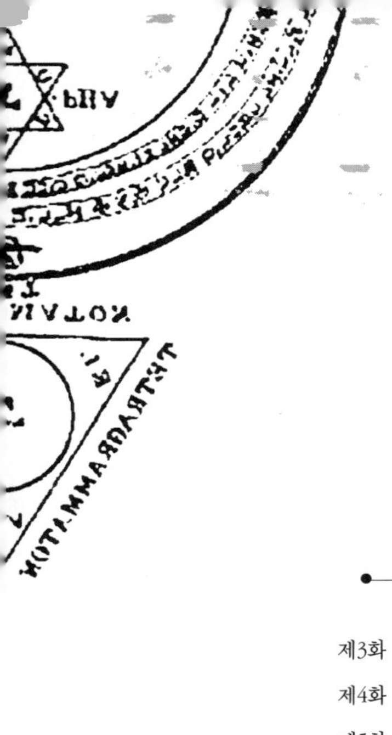

Contents

제3화

악마 下

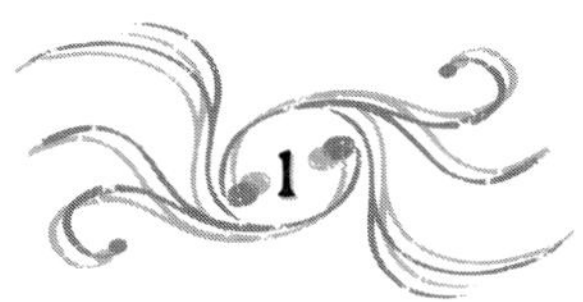

많이 진정되었다고 생각했다. 충분히 진정됐고, 옆에 있어 주는 조원들이 있었다. 하지만 아직도 손끝이 미미하게 떨리고 있었다. 시간이 느리게 흘러가는 것처럼 느껴지고, 머리는 망치로 여러 번 두들겨 맞은 듯 울렸다.

'누가?'

계속해서 같은 질문을 되뇌고 있었다. 잊어버리려고 하면 할수록 오히려 더 강렬해지는 의문.

내가 살아 있는 인물을 시체로 만든 '원흉'이라고 생각하던 조원들의 오해는 풀렸다. 당시 나로서는 누명을 벗을 수

있는 방법이 아무것도 없는 줄 알았다. 너무도 혼란스러웠고,
정신적으로 큰 충격을 입어서 제대로 된 사고조차 할 수 없었
다.

분명히 다른 조원들도 내가 살인자라고 확신하고 있었다.

하지만 뻣뻣대마왕이 그 오해를 아주 간단하게 풀어주었
다.

그는 바로 내 검을 뽑아 조원들에게 보여주었다.

그렇다.

저런 지저분한 검상을 만들기에는 검이 너무 깨끗했다. 이
망자의 숲에서는 칙칙한 색의 검도 밝고 아름답게만 보였다.
피가 조금도 묻어 있지 않은, 너무도 사랑스러운 검.

그제야 조원들의 굳은 몸이 풀리기 시작했다. 그들의 눈빛
도 점점 부드러워졌다.

물론 뱁새눈이 '씻었을 수도 있잖아!' 라고 말하기는 했지
만, 뻣뻣대마왕이 근처에 씻을 만한 곳이 없다는 사실을 확인
해 줌으로써 내가 살인자일 확률을 완전히 없애주었다.

뻣뻣대마왕이 처음으로 사랑스럽게 느껴졌다.

ㄲㅇㅇㅇ.

"……."

우리는 여전히 망자의 숲을 헤매고 있었다. 뻣뻣대마왕은
시체를 요하네스로 데려가기 위해 떠나기 전에 우리의 위치

를 지도에 짚어주었다.

내 상태가 심히 걱정되었는지, 나 대신 깐깐안경이 착한몸매와 함께 길을 찾아갔다. 그 뒤에 넓적얼굴과 뱁새눈이 걷고 있었으며, 나, 그리고 요한이 뒤따랐다.

어색한 침묵이 흐르고 있었다.

아무도 말로 꺼내지는 않았지만 분명 누군가가, 그러니까 살인자가 이 숲에 있었다. 뻣뻣대마왕이 처리한다고는 했지만, 솔직히 이 숲에서 그런 살인자를 바로 잡아낸다는 게 쉽지는 않을 것이다.

어쩌면 우리가 아는 사람일 수도 있다.

상대가 누군지 전혀 모른다는 사실만큼 두려운 게 없다.

"……."

우리는 멈췄다. 가장 앞에서 지도를 보며 길을 찾던 깐깐안경과 착한몸매가 멈춰 서서 주위를 두리번두리번거렸다.

나는 저 반응의 뜻을 알았다.

"길을 잃었군."

힘없이 중얼거렸다. 이제는 따질 힘도 없었다. 그냥 오늘 하루가 빨리 끝났으면 좋겠다는 생각뿐이었다. 그 누구를 탓할 힘은 조금도 남아 있지 않았다.

가장 불만이 많을 듯한 뱁새눈도 조용했다. 내가 실수를 하고 있는 게 아니여서인지, 아님 그 역시 살인자에 대한 근심에 가득 차서 그런 건지는 몰라도 얌전했다.

"그게 아니야."

여전히 아름다운 음성이다.

피곤해 보여도 아름답기만 한 착한몸매는 계속해서 지도와 앞을 번갈아가면서 보고 있었다. 이해가 되지 않는다는 얼굴로……

"지도에는 길이 하난데 여기는 둘이야."

"……"

평소 같으면 '잘못 온 거 아니야? 지도가 틀렸을 리가 없잖아!'라고 말했을 테지만, 지도의 제작자를 떠올려 보면 그럴 수도 있었다.

발레키는 어디다 써먹고 싶어도 그럴 수가 없을 것 같았다.

털썩!

나는 바닥에 주저앉았다. 안 그래도 다리에 힘이 하나도 없었다.

내가 앉자 다른 조원들도 하나둘씩 앉았다. 고민하는 얼굴로 계속해서 지도를 보던 깐깐안경과 착한몸매도 결국에는 털썩 주저앉았다.

"휴우."

우리는 쉴 시간이 필요했다. 이 망자의 숲은 사람의 생기를 모두 앗아가는 듯하여 쉬어도 쉬는 게 아니지만, 그래도 대책

없이 심력을 소모하며 돌아다니는 것보다는 편하게 느껴졌다.

"……."

정적은 길어졌다. 아무도 어떤 말도 하려고 하지 않았다. 아니, 뭔가를 묻고 싶어하는 것 같았다. 그렇지만 계속해서 머뭇거린다.

결국에는 참다못한 깐깐안경이 물었다.

"정말 못 봤어?"

사람을 심문하는 어조였다.

조원들의 시선이 나에게 집중되었다.

뜬금없는 질문이었지만 그녀가 뭘 묻는지 알고 있었다. 수도 없이 받은 질문이다. 이젠 좀 잠잠하나 했는데…….

나는 눈살을 찌푸렸다.

"정말 못 봤어. 내가 갔을 때는 그 시체밖에 없었다고 몇 번을 말해! 왜 자꾸 묻는데?"

왜 계속해서 묻는 건지는 안다. 그녀도 불안한 것이다. 천하의 깐깐안경도. 사실 인간이 인간을 그렇게 만들 수는 없었다. 사람을 죽이려고 마음먹어도 사람이라면 그렇게까지 할 수는 없었다. 그런 악마와 같은 하늘 아래에, 그것도 같은 장소에 있다는 건 불안할 수밖에 없었다.

또다시 분위기가 무거워졌다.

애써 회피하던 주제였다. 일부러 어색한 침묵이 흘러도 가만히 놔두었을 정도로…….

하지만 놈들도 계속해서 떠오르는 의문을 무시하기는 쉽지 않았겠지.

"아무런 단서도 없어? 뒷모습? 아니면 머리 색? 키? 정말 아무것도 없어?"

이번에는 작정을 했는지 깐깐안경은 계속해서 집요하게 물었다.

"정말 아무것도 없었…….."

그러고 보니 아무것도 없는 건 아니었다.

악마를 떠올릴 때 꼭 부수적으로 따라오는 게 있었다.

"웃음소리. 그러고 보니까 멀리서 놈의 웃음소리를 들었다."

그런 웃음소리를 지금껏 들어본 적이 없었다. 한 단어로 표현한다면…….

광기.

그런 식의 광기 어린 웃음소리는 상상도 해본 적이 없었다.

깐깐안경은 꼭 수사반장이 된 양 눈을 반짝이며 질문을 계속했다.

"어떤 식의 웃음소리였는데? 익숙한 웃음소리였어? 떠오르는 사람이 있어? 누구의 웃음소리였는데? 남자? 여자? 교수? 학생?"

"……."

깐깐안경은 미친 듯이 질문을 쏟아내었다.

물론 그 수많은 질문에 대한 답은 동일했다.

"몰라."

"……."

도대체 어떤 대답을 원한 건진 몰라도 조원들은 곧 실망한 표정을 지었다. 특히 깐깐안경은 더했다.

"바보냐? 그런 것도 몰라? 남자인지 여자인지도 몰라?"

바보 취급을 받으면서까지 그 끔찍한 기억을 떠올려야 하는지 잠시 고민해야 했다.

"흐음, 굳이 구분하라고 하면 남자라고 하겠어."

하지만 확실히 생각해 볼 가치가 있었다. 가정하고 싶진 않지만, 나중에 또 만나게 될 때를 대비해야 했다. 어느 정도의 틀은 필요했다.

사실 그 끔찍한 일에 대한 기억이 희미했다. 분명히 1시간도 안 된 일이었지만 이상하게도 애매했다. 확실하지는 않지만 남성의 굵은 웃음소리 같기도 했다.

깐깐안경은 어느새 작은 수첩을 꺼내서 받아 적기 시작했다. 물론 질문도 이어졌다.

"그럼 그 웃음소리를 흉내 내봐."

“…….”

나는 내 귀를 의심했다.

하지만 깐깐안경은 진지하게 나를 바라보고 있었다. 그녀는 정말로 기다리고 있었다.

나는 기가 차다는 얼굴로 입을 열었다.

“미쳤냐? 내가 그런 웃음소리를 낼 거라고 생각하냐?”

“그런? 어떤 식의 웃음소리였는데?”

“…….”

정말 수사 정신이 철저했다. 정말로 자기가 수사반장인 줄 아는 모양이다.

“기억 안 나.”

그 웃음소리를 흉내 낼 거라 생각하고 있는 거면 정말 사람 잘못 본 것이다. 그런 격이 떨어지는 웃음소리는 나 같은 고귀한 사람이 낸다고 해도 비슷할 수가 없다.

깐깐안경은 나를 매섭게 노려봤다.

“충분히 요청할 수 있는 부탁임에도 불구하고 회피한다는 건 뭔가 찔리는 게 있다는 뜻이야. 전형적인 범인들의 오리발 수법이지.”

“…….”

점점 힘이 빠진다.

그녀의 반짝이는 눈빛을 보면 절대로 쉽게 포기할 것 같지가 않았다.

"정말 내가 웃음소리를 낼 거라고 생각하냐?"

깐깐안경은 고개를 한 번 끄덕여 보였다.

"네가 당당하다면 문제될 건 없지. 겨우 웃음소리로 머뭇거리는 걸 보면 뭔가 찔리는 게 있는 건가?"

"……."

다른 조원들 역시 나를 의심에 찬 눈빛으로 보고 있었다. 사실 놈들은 아직도 나를 완전히 믿고 있는 게 아니었다. 비록 검이 깨끗하기는 해도 내가 그 장소에 있었으며, 그럼에도 불구하고 살인자를 못 봤다는 게 조금 이상한 모양이었다.

사실 볼 수 있었지만 무서워서 가지 않은 것이지만……. 그 사실을 그들에게 말해줄 필요는 없었다.

"근데, 너희들은 아무것도 모르는 주제에 왜 나만 가지고 그러냐?"

사실 따지고 보면 난 놈들보다 조금 일찍 현장에 도착한 것뿐이다. 어째서 내가 살인자에 대한 단서를 가지고 있다고 확신하는지 모르겠다.

잠자코 있던 뱁새눈이 입을 열었다.

"우리 역시 그 비명 소리를 듣자마자 바로 그곳으로 달려간 것이었어. 그 도중에 라이오넬 교수님을 만난 거고. 우리가 도착했을 때는 너랑 그 시체가 있었어. 넌 우리보다 가까운 곳에서 들었으니까 더 빨리 도착한 거겠지? 비명 소리가 난 시간을 생각해 보면 분명 넌 살인자의 흔적이라도 봤을 거야."

라이오넬?

뱁새눈의 지적보다는 라이오넬이라는 이름이 뇌를 괴롭혔다. 들어봤는데 기억이 안 난다. 이 뇌를 간질이는 느낌.

"아! 뻣뻣대마왕!"

나를 안쓰럽다는 듯이 쳐다보는 조원들의 눈빛을 애써 무시했다.

확실히 살인자를 볼 시간은 있었다. 하지만 못 본 건, 아니, 안 본 건 사실이었다.

"어쨌든 난 몰라. 이미 뻣뻣대마왕이 내가 아니라는 걸 증명해 줬으니까 난 떳떳해."

"……."

조원들은 내 타당한 반박에 할 말을 못 찾는지 입을 쫙 벌린 채로 나를 멍하니 바라보고 있었다. 나의 논리정연함에 감탄할 시간을 충분히 준 뒤 다시 말을 이었다.

"그런데 우리, 언제까지 이렇게 있어야 하는 거냐?"

이번에는 내가 깐깐안경을 공격할 차례였다.

"지도를 잘 보고나 있는 건지 모르겠네."

깐깐안경이 또 헤매고 있다는 생각에 입꼬리가 올라갔다.

깐깐안경의 깐깐한 성격에도 빈틈은 있는 건가?

"거꾸로 보고 있는 건 아니니까 걱정하지 마."

"……"

원래 갈구는 건 나였다. 항상 공격은 내가 해왔는데, 이제는 공격받기만 하고 있다.

"휴우……"

킥킥거리는 뱁새눈이 눈에 들어온다. 웃음은 전이된다고 하던가? 뱁새눈에게서 넓적얼굴로, 넓적얼굴에서 주먹코로, 주먹코에서 요한에게로, 요한에게서 내가 사모하는 착한몸매에게까지!

"……"

수줍게 웃는 모습이 본성의 야릇한 부분을 건드리는데?

그리고 착한몸매에서 깐깐안경으로……

그렇다. 깐깐안경의 입술이 살짝 말려 올라갔다.

"빌어먹을."

내 편은 없는 모양이다.

평민들에게 너무 많은 걸 바라는 건가.

고개를 푹 숙였다.

당하기는 했지만 조원들의 분위기가 조금 나아졌다. 적어도 잠시 동안은 그 살벌한 살인자에 대한 생각을 떨치게 되었으니까.

그때였다.

바스락.

"……."

어디선가 발소리가 들렸다. 굵은 풀을 밟는 그런 발자국 소리가…….

우리는 복잡한 눈빛을 교환했다.

식은땀이 흐르기 시작했다.

스르릉.

우리는 천천히 검을 뽑았다. 그리고는 바스락거리는 소리가 나는 부근을 주시했다. 숨소리만 들리는, 그런 조용하고도 긴장되는 순간이었다.

바스락바스락.

우리는 수풀을 헤치고 나오는 사람을 향해 검을 휘두르려고 했다. 만약 우리들의 반사 신경이 조금만 둔했어도 꽤나 흥미로운(?) 상황이 되었을 것이다.

"……."

온몸에 힘이 빠졌다.

푸른 눈을 멍하니 깜빡이며 우리를 바라보고 있는 인물은 다름 아닌 발레키였다. 오늘만 두 번이나 나타나서 우리의 심력을 고갈시키는 발레키.

발레키는 몸을 부들부들 떨면서 힘겹게 입을 열었다.

"저, 죽는 건가요?"

"……."

이미 검을 집어넣은 지 오래였다. 하지만 발레키는 계속해서 떨고 있었다.

"유언을 남겨도 되죠? 저는 제 전 재산인 100코퍼를 뻣뻣대마왕에게 남깁니다."

"……."

100코퍼로 빵이나 하나 사 먹을 수 있을까? 이런 거대한 검술 기관의 교수나 되는 녀석이 왜 돈이 100코퍼밖에 없는지 궁금했다.

아무도 놈의 장단에 맞춰주지 않자 놈도 머쓱한지 머리를 긁적였다.

털썩!

난 다시 주저앉았다. 정말 하루 종일 힘이 하나도 없다. 언제나 그렇듯 내가 앉으면 다른 조원들도 따라 앉았다. 내가 하면 하고 싶어지는 걸까?

긁적긁적.

발레키는 무엇인가 하고 싶은 말이 있었는데 잊어버렸다는 얼굴로 머리를 긁고 있었다. 그의 행동을 가만히 지켜보면 너무도 단순하게 읽힌다.

탁!

이제서야 생각이 났는지 발레키는 자신의 이마를 탁! 쳤다.

"어서 오세요! 여기가 마지막 관문이랍니다."

"……."

우리는 눈빛을 교환했다.

어떻게 된 게 발레키의 입에서 나오는 말은 항상 어이가 없었다. 기가 차서 아무 말도 나오지 않는다. 분명히 좋은 말이기는 했지만, 그렇다고 어이가 돌아오는 건 아니었다.

나는 오늘 하루를 정리했다.

"그러니까, 우리는 우연히 길을 헤매게 되어 그 많던 관문을 요리조리 피하다가 결국에는 마지막 관문에까지 이르게 되었다는 말이지? 아무것도 안 했는데 말이야."

발레키는 고개를 끄덕였다.

"하아!"

정말 한숨밖에 안 나왔다.

뭔가에 홀린 듯한 하루였다. 그 어떤 것도 현실이 아닌 그냥 끔찍한 악몽을 꾸고 있는 하루…….

"마지막 관문을 무사히 마치시면 보물을 찾을 수 있습니다. 어때요? 기대되죠?"

"……."

그냥 쉬고 싶다.

조원들의 얼굴도 크게 달라 보이지 않았다. 그 누구도 보물에 관심이 없어 보였다.

"조금 쉬었다가 하자."

목소리에도 힘이 없었다.

내 말에 발레키의 눈빛이 묘하게 반짝였다.

"보물을 찾고 싶지 않으세요? 좋은 보물인데?"

우리들은 일제히 고개를 절레절레 흔들었다. 이 빈곤한 학교에서 보물이라고 해봐야 쓸 만한 진검? 줘도 안 가진다.

발레키는 곤란하다는 듯이 턱을 매만졌다.

"이 관문만 끝내시면 바로 요하네스로 돌아갈 수 있답니다. 그래도 하고 싶지 않으세요?"

탁탁.

우리는 바로 털고 일어났다. 피곤한 기색은 이미 사라진 지 오래였다. 피로에 절어 힘이 하나도 없는 눈동자에 생기가 돌기 시작했다.

우리 1조의 시선이 발레키에게로 모아졌다.

"이번 관문이 뭐라고?"

2

"빌어먹을."

애초에 관문장이 발레키였을 때 알아봤어야 했다. 이 무의미하기 짝이 없는 관문을 왜 만들어놓았는지 모르겠다.

마지막, 지도에는 한 길인데 실제로는 두 갈래의 길이 놓인 건 딱 한 가지 이유에서였다.

"불필요한 길을 왜 그려요?"

"……."

이런 간단한 이유에서였다.

거기에서 황당함은 끝나지 않았다. 이번 관문에 대한 설명을 들었을 때는 뒤로 나자빠질 뻔했다. 깐깐안경마저 휘청거렸다.

"마지막 관문은 '보물을 찾아라' 입니다."

"……."

"설명 끝인데요?"

"……!"

"아아, 조금 덧붙일 내용이 있습니다."

이 정도로 어이없는 관문은 아니라고 생각했다.

"이 두 갈래 길 중 한쪽에 있습니다. 넓게 퍼져서 찾아보시는 게 좋아요. 보물을 찾으시면 이곳으로 와서 제게 보고하시기 바랍니다."

"……."

결국은 그 정도로 어이없는 관문이란 뜻이었다. 그냥 무작정 헤매서 보물을 찾아내라는 말이었다.

우리는 조금 더 효율적으로 보물을 찾기 위해 흩어지기로 했다. 어차피 큰 두 갈래 길뿐이니 바보가 아닌 한 관문으로 다시 못 찾아올 리는 없었다.

큰 두 갈래 길이 있어 인원을 반으로 나누어 수색을 시작하면 되는 줄 알았는데, 다시 그 길에 이어진 길이 많아 우리 일곱 명은 모두 따로 흩어지게 되었다.

나 역시 일정 구역을 맡아서 주위를 둘러보고 있었다. 풀이 우거진 곳은 직접 손으로 찾아봐야 했다.

"짜증나, 진짜!"

무엇을 어디서 찾아야 하는지도 모르고 무작정 돌아다니는 건 정말 힘든 일이었다. 무엇보다도 하루 종일 길을 헤맨 후에, 또다시 찾을 수 있다는 기약도 없는 수색을 해야 하는 건 인내심을 시험하는 일이었다.

따지고 보면 내가 찾는 쪽에는 없을지도 모른다. 혼자서 온갖 고생을 다하고 있는데 다른 여섯 명 중 한 명이 찾아낼 수도 있다. 아니, 그렇게 될 확률이 더 높았다. 분명히 나는 고생만 하다가 누가 찾았다는 이야기를 듣고는 관문으로 다시 돌아가겠지. 그러면서 나는 괜히 몸과 마음을 혹사하며 미친 듯이 돌아다녔다고 후회하겠지…….

"……!"

뇌리를 스치는 아주 좋은 생각이 있었다. 원래 후회할 일은 하지 않는 게 인지상정이다. 후회할 줄 알면서도 그렇게 행하는 것만큼 어리석은 게 없다. 나는 어리석지 않았다. 반대로 너무 똑똑해서 탈이었다.

털썩.

"아……!"

나는 신발을 벗고 발을 주무르기 시작했다. 나 한 명 찾지 않는다고 해서 수색에 큰 지장이 있을 거라고는 생각되지 않았다. 원래 이런 하찮은 일은 평민들이나 하는 것이다.

나는 등을 두드렸다.

계속해서 구부린 채 풀을 꺾으면서 같잖은 보물을 찾느라 등이 부러지는 줄 알았다. 하루 종일 이 망자의 숲을 헤매느라 발도 퉁퉁 부은 듯싶었다.

끄으으으.

"……."

이 소리의 정체가 가장 궁금했다. 정말 나무가 움직일 리는 없을 것이다. 움직이는 사악한 나무 따위가 존재할 리 없다.

사람을 재미로 수백 번 베는 미친 살인마는 있어도, 움직이는 사악한 나무는 없다.

"……."

잠시 잊었던 살인마가 또다시 뇌리를 스쳐 지나갔다. 그의 광기 어린 웃음소리는 아직도 생생했다.

'뻣뻣대마왕이 놈을 잡았을까?'

시체를 요하네스로 데려가는 데 시간이 좀 걸렸겠지만, 이미 충분한 시간이 지났다. 게다 그런 위험한 살인마를 잡지 못했다면 아직도 이렇게 대회가 진행되고 있을 리 없었다.

'하지만 이 숲이 조금 넓기는 한데…….'

시간이 꽤나 흘렀다고는 하지만 이 숲의 끝은 아직 보이지도 않는다. 벌써 반나절가량을 헤맨 느낌인데 이 숲의 윤곽조차 잡히지 않고 있다. 도망을 가고자 마음먹었으면 못할 것도 없었다. 아니, 도망을 가지 않았다 하더라도 놈에 대한 별 단서가 없었다.

단지 놈이 피에 흥건하게 젖었을 것이라는 것 정도?

'사람을 수백 번 베었으니 피로 샤워를 했겠지. 그럼 눈에 금방 띄겠지. 설마 뻣뻣대마왕이 그런 놈을 못 잡겠어?'

속으로 계속해서 되뇌었다.

살인마에 대한 생각만으로도 몸이 덜덜 떨리기 시작했다.

갑자기 지금 혼자 남겨져 있다는 사실이 너무도 무섭게 다가왔다.

사사삭.

"……!"

나는 경계를 하며 소리가 난 쪽을 바라봤다.

벌레가 나뭇잎을 갉아먹는 소리였다.

그런 작은 소리에도 반응을 할 만큼 긴장한 모양이다.

그때 또 불길한 생각이 들었다.

'만약 놈에게 여분의 옷이 있었으면?'

"……."

눈이 저절로 커지고 숨이 가빠진다. 확실히 그럴 수도 있었다.

퍽퍽!

나는 내 머리를 후려갈겼다. 잡념에는 최고였다. 효과도 최고였다.

"큭."

이번에는 너무 세게 때렸다. 이 빌어먹을 주먹이 주인을 못 알아보고 인정사정없이 갈겼다. 아까 때렸던 곳을 또 때려서인지 그 아림이 오래갔다.

"……."

이 방법에 유일한 단점이 있었다면…….

‘그럼 아직도 살인마가 이곳에 있을 가능성이!’

고통이 가시면 잡념이 바로 찾아온다는 것 정도? 아플 대로 아프고, 잡념도 다시 돌아오니 사실 별 쓸모가 없는 방법이라는 걸 잊었다.

“크아아악!”

“…….”

나는 귀를 깨끗하게 청소했다. 이 소리라는 게 일종의 파형이다. 어쩌면 귀지에 걸려서 그 파형이 변질되면 저런 소리가 끔찍한 비명 소리로 들리는지도 모른다. 물론 어떤 종류의 소리가 변질된 건지는 알고 싶지도 않았다.

“…….”

몸이 부들부들 떨리기 시작한다. 자연스럽게 ‘살인마’의 그림자가 머릿속에 그려진다. 그리고 그 그림자에 의해 수백 군데나 상처를 입은 시체가 바닥에 누워 있다. 시간이 흐르면 흐를수록 상처를 타고 내려오는 피의 양은 늘어가고, 이내 웅덩이를 형성한다.

그리고 살인마는 씨익 웃는다. 마치 무엇인가를 성취했다는 뿌듯함을 담고서.

나는 고개를 세차게 흔들었다.

이성의 끈이 풀려가는 느낌이다. 내 안의 내가 내가 아닌 것처럼 느껴진다. 내가 몸을 움직이고는 있지만 지금 몸에서 느껴지는 이 이질감은 설명할 수 없었다.

미쳐 가고 있는 느낌이었다.

"크아아악!"

또다시 한차례 끔찍한 비명 소리가 들렸다. 난 애써 무시하고 싶었다. 살인자와 맞설 자신감이 없었다. 난 기껏 해봐야 3개월의 수련을 마친 신입생이었다. 베기와 십자 베기, 찌르기와 같은 기본 검술만 익힌 초보란 말이다.

저절로 뒷걸음질이 쳐졌다.

나에게는 선택권이 있었다.

굳이 위험을 선택할 이유가 없었다. 위험을 선택해서 돌아오는 이익이 있나? 없다. 오히려 나 역시 하나의 시체가 될 확률이 높았다.

그렇다.

나는 별 도움이 안 될 것이다. 가봤자 주검이 하나 늘어날 뿐이다. 그렇다면 상식적으로 나는 가만히 있는 게 이익이었다.

나는 소리가 나는 근원지의 반대편으로 돌아섰다. 최대한 멀리 가야 했다.

"크아아악!"

발걸음을 떼려던 나는 멈춰 설 수밖에 없었다. 후회할 일은 애초에 만드는 게 아니었다. 나는 이미 싸늘하게 식은 주검을 봤다. 그리고 후회했다.

희망이 사라진 상태에서 천천히 죽음을 기다리는 피해자의 모습이 떠오른다.

스르릉!

나는 천천히 검을 뽑아 들었다. 그리고 더 천천히 뒤로 돌아섰다. 다리가 후들후들 떨리고 아무 생각도 나지 않았다. 내가 지금 무슨 짓을 하고 있는지도 모르겠다.

공포를 향해 발을 뗐다.

천천히, 그리고 더 천천히.

위험이 도사리는 곳에 직접 갈 생각을 하다니…….

나는 미쳐 가고 있었다.

3

이상했다.

더 이상 다리가 후들거리지도 머뭇거리지도 않았다. 성큼성큼 걸었다. 머리가 차갑게 식으며, 그 어떤 때보다 맑았다.

아직 아무것도 하지 않았지만 벌써 가슴이 따뜻했다.

바스락바스락.

우거진 수풀 사이를 나왔다. 물론 그 사이로 나와도 나를 맞이한 건 우거진 수풀이었다. 그렇지만 다른 숲과는 달랐다.

‘놈’ 이 있었기 때문이다.

“꿀꺽.”

무슨 생각을 하고 있었는지 모르겠다. 갑자기 이상한 꿈에서 깨는 느낌이라고나 할까?

놈의 위풍당당한 뒷모습에 간담이 서늘했다.

길지도 짧지도 않은 머리였다. 어두워서 머리 색이 정확하게 보이지는 않았지만 붉은 머리였다. 불타오르는 듯한 착각이 들 정도로 밝은……. 착한몸매의 머리 색과 동일했다. 하지만 동일 인물은 아니었다.

뒤 자태가 달랐다. 착한몸매의 잘록한 허리와 길게 뻗은 다리가 아니었다. 놈은 ‘그’ 였다. 착 달라붙은 검은색 가죽옷에서 드러나는 몸매는 전체적으로 호리호리했지만 분명히 남자의 것이었다.

그의 넓게 뻗은 어깨에서 느껴지는 기운은 나를 압도하고도 남았다. 체구가 그렇게 큰 것도 아닌데…….

그때 놈이 갑자기 뒤를 돌아봤다.

“……!”

어둠 속에서도 빛을 발하는 녹색 눈동자. 얼굴은 거의 보이지 않았다. 거리도 조금 있었고, 너무나 어두웠다. 그렇지만 그의 눈동자는 너무도 명확히 보였다.

"……!"

입이 저절로 벌어졌다.

나는 눈을 비볐다.

갑자기 놈이 사라졌다.

그냥 사라졌다. 마치 애초에 그 자리에 없었던 것처럼. 아니, 내가 환상을 보고 있었다는 듯…….

몸이 살짝 떨려 잔상이 남았다가 사라진 것도 아니었다. 그냥 어딘가로 증발해 버린 듯 없어졌다.

나는 주위를 둘러봤다.

인기척도 들리지 않았다.

숲 특유의 몽환적인 분위기에 취했던 것일까? 정말 환각이었을까?

"……."

주위를 둘러보다 중앙에, 그러니까 '환각' 이 서 있었던 곳에서 시체를 볼 수 있었다. 그리고 그 주위에 고인 피 웅덩이…….

나는 천천히 시체를 향해 다가갔다.

'가까이 가지 마' 라고 누군가가 마음속에서 속삭였지만 호기심이라는 녀석은 만만치 않았다.

나는 피의 웅덩이 앞에서 멈췄다. 피를 밟을 수는 없었다.

“……!”

이번 시체 역시 알아볼 수가 없었다. 내가 아는 평민이 많지 않은 것도 사실이지만 무엇보다도 놈의 몸 또한 전의 피해자처럼 너덜너덜했다.

아니, 조금 더 심했다.

더 이상 이목구비라 말할 수 있는 부분이 없었다. 그중에는 베어진 부분도 있었고, 알아볼 수 없을 정도로 일그러져 있는 부분도 있었다.

조금 더 표현하자면…….

“우욱!”

나는 시체에서 눈을 뗐다. 속이 매스꺼워졌다. 눈으로 보고 있는 게 아닌 데도 머릿속에서 생생하게 그려진다. 아니, 오히려 눈으로 봤던 모습보다 훨씬 끔찍한, 차마 말로 표현할 수 없는 장면들이 그려진다.

악마.

그는 분명히 악마였다.

4

머리가 깨질 듯이 아프다. 몸은 뻣뻣대마왕에게 특별 훈련을 3일 연달아 받은 후 하루를 푹 쉬었다가―다음날 더 괴로우라고—다시 7일을 연달아 지옥 훈련을 받은 상태와 비슷했다.

나는 눈을 떴다.

“…….”

지옥이었다.

지옥에서 나를 가장 먼저 맞아준 건 검은 눈동자로 나를 잡아먹을 듯이 쳐다보고 있는 뻣뻣대마왕이었다. 가까이서 보니 얼굴이 상당히 작고 턱 선이 살아 있었다. 남자 녀석이 왜 이리 가녀리게 생긴 건지…….

“여긴 어디야?”

나는 침대에 누워 있었다. 그것도 임시 기숙사의 더럽고 딱딱하기 짝이 없는 침대가 아닌 꽤나 포근한 침대에…….

“…….”

갑자기 몸이 굳었다.

뻣뻣대마왕은 옷을 입는 중이었다. 그러니까 새하얀 셔츠 위에다 검은 블라우스와 비슷하게 생긴 옷을 입고 있었다. 항상 그렇듯 정말 수수하기 짝이 없는 옷만 골라서 입는 것 같다.

나는 놈이 마지막으로 각이 잘 잡힌 검은 망토까지 착용하는 장면을 멍하니 지켜봐야 했다.

‘옷을 입는다는 건 옷을 벗었다는 말이고, 옷을 벗었다는

건······.'

"······."

얼굴이 굳어서 펴질 기미가 보이지 않았다. 애써 당당하게 행동하고 싶었지만 머릿속에 파노라마처럼 스쳐 지나가는 이 야릇한 장면들······.

입이 쫙 벌어졌다.

그러고 보니 몸이 말을 듣지 않는다. 어딘가 많이 두들겨 맞은 것 같기도 했다.

'이 자식, 격렬한 걸 좋아하나?

나는 이불로 온몸을 가렸다. 그리고 뻣뻣대마왕에게서 최대한 멀어졌다.

"······."

뻣뻣대마왕은 뻔뻔하게도 평소의 포커페이스를 지켰다. 마치 아무 일도 없었다는 듯이 나를 '뭐 하나? 는 식으로 쳐다보는 그를 보며 나는 도대체 무슨 말을 해야 할지 몰랐다.

내가 정신을 잃은 사이 이 뻣뻣대마왕에게 농락당했을 내 몸을 생각하면······.

눈가가 벌써 촉촉하게 젖기 시작했다.

그때 문득 뇌리를 스치는 의문.

'내가 왜 정신을 잃었지?

어떻게 해서 이곳에 누워 있게 되었는지 기억에 없다. 뻣뻣대마왕과 이렇게 같은 방에 있을 정도면 같이 식사를 했다거나 술을 왕창 마셨다거나 해도 제정신인 한 이런 일이 생길 리가 없는데…….

'제정신이 아니었다는 건가…….'

턱이 탈골될 정도로 입이 심하게 벌어졌다.

"머리를 다쳤나?"

뻣뻣대마왕이 감정이 조금도 느껴지지 않는 목소리로 묻는다. 얼굴에 뭘 깔았는지는 몰라도 저렇게 얼굴이 두꺼운 인물이 존재할 수는 없었다. 어떻게 나의 처녀성을…….!

'총각성인가?'

그때 신선한 충격을 주는 질문이 들려왔다.

"놈을 봤나?"

"……."

나는 순간 뻣뻣대마왕이 누구를 말하는 건지 이해할 수가 없었다. 그러다 문득 놈과 나의 상황을 떠올렸다.

"……."

얼굴이 저절로 붉어졌다.

'자신의 상징에 이름을 붙이는 걸 좋아하는 놈들이 있다는 건 알았지만…….'

뻣뻣대마왕이 그런 부류의 놈인지는 전혀 몰랐다. 어떻게 자신의 상징을 '놈', 그러니까 하나의 인격체로 대할 수 있는 거지? 겨우 신체의 한 부위일, 조금 중요한 부위일 뿐인데.

"다, 당연히 못 봤지! 내가 정신을 잃은 틈에 네가 '기습했잖아!"

이거 생각해 보니까 역겹다. 이 머릿속에 가득 채워진 역겨운 생각들……. 사라질 기미가 보이지 않았다. 아니, 다른 생각을 하려고 할 때마다 오히려 더욱 강렬한 장면이 새로 생각난다.

"……."

뻣뻣대마왕은 '이게 미쳤나?'라는 얼굴로 나를 가만히 노려봤다. 나는 그제야 뻣뻣대마왕과 내가 다른 주제로 대화를 하고 있다는 사실을 깨달았다.

뻣뻣대마왕은 한참 동안 나를 탐색하다 내 이마 위에 손을 얹었다.

"그 살인자에게 머리를 나쁘게 하는 능력도 있나? 더 나빠질 머리가 있었는지 몰랐군."

자기 딴에는 작게 중얼거리는 건지 몰라도 내 귀에는 아주 또렷이 들린다. 뒤에 놈의 혀 차는 소리까지도 생생하게 들렸다.

뭐라고 욕을 하려는데…….

'살인자?'

왠지 상당히 친숙한 어감이다. 내가 살인자 같은 놈을 알리가 없는데 왠지 알고 있는 것 같기도 하고……. 무엇보다도 살인자라는 단어를 듣게 되자 머리가 지끈지끈 아프기 시작했다.

무엇인가가 생각이 날 듯 말 듯하다.

"……."

그리고 생각났다.

나는 이마를 탁! 쳤다.

"아아! 그러니까 내가 그 악마를 봤냐고?"

뻣뻣대마왕은 참으로 복잡한 얼굴로 말했다.

"그럼 뭐라고 생각했나?"

"……."

절대로 '내 그건 어떻게 생겼게? 라는 식으로 생각했다는 말을 할 수는 없었다.

나는 고개를 절레절레 흔들었다.

"봤어!"

그제야 의심에 가득 찬 뻣뻣대마왕의 눈빛이 초롱초롱하게 변했다.

"눈이 초록색이고 머리는 붉은색. 너무 어두워서 그것밖에 못 봤어. 아, 그 외에 검은 가죽옷을 입고 있었던 것 같기도 해."

내가 이렇게 친절하게 인상착의를 알려주면 어디다 받아

적거나 좀 진지하게 듣는 태도라도 보여야 하는데 뻣뻣대마
왕은 눈을 지그시 감았다.

어딘가 살짝 언짢은 모습이라고 할까?

"근데 여기는 도대체 어디야?"

자세히 둘러보니 오두막이었다. 요하네스의 안인지, 아니
면 숲의 안인지는 모르겠다.

"망자의 숲 안가[Safe house]."

무엇인가를 복잡하게 생각하는지 놈의 대답은 빠르고 짧
았다. 뻣뻣대마왕이 무겁기 짝이 없는 상태에서는 뭐라고 할
수도 없었다.

저절로 '아이서 오러'가 몸에서 풍겨져 나오는데 말 다했
다.

"가자."

뻣뻣대마왕은 그 말과 함께 쏜살같이 오두막을 나갔다.

"……."

이유, 그런 건 없다.

귀족에 대한 예의를, 아니, 사람에 대한 예의를 눈곱만큼도
모르는 자.

그는 뻣뻣대마왕이었다.

5

"우리 조원들은?"

"……."

"어디로 가는 건데?"

"……."

"갑자기 벙어리라도 된 거야? 그런 기적 같은 일이 존재할 수 있어?"

"……."

"아, 귀머거리가 된 건가? 아니면 둘 다 동시에?"

"……."

"그렇게 될 확률은 마른하늘에 벼락을 스무 번 연속으로 맞고도 갑자기 발레키로 변할 확률보다 낮은데?"

"……."

"비슷한가?"

"……."

뻣뻣대마왕은 강했다. 그 어떤 공격을 받아도 영향을 받지 않았다.

초점이 없는 눈은 그의 정신이 어딘가 멀리 떠나 있다는 사실을 증명했다. 그토록 깊게 생각하고 있는데, 어떻게 이 미로 같은 숲에서 그가 가고자 하는 길을 찾아낼 수 있는 건지 모르겠다.

‘어딜 가는 건진 모르겠지만.’

확신을 가지고 방향을 여러 번 꺾는 걸 보면 분명 어디를 가고 있는지는 알고 있다는 건데…….

분명히 나는 사람에게 묻고 있었다. 아니, 미확인된 마왕에게 묻고 있었다. 마왕이라고 대답을 못하는 건 아니었다.

“…….”

그때 갑자기 뻣뻣대마왕이 멈췄다.

나는 피식 웃었다.

“길을 잃었지?”

지도를 갖고 있어도 길을 잃기 십상인데, 아니, 발레키표 지도를 가지고 있어도 100% 길을 잃을 텐데 다른 생각을 하면서 길을 가면 어떻게 되겠는가.

뻣뻣대마왕은 검지를 입에 갖다 대었다.

“소리가 들린다.”

“…….”

아무런 소리도 안 들린다. 거의 주기적으로 들리던 ‘끄으으으’ 소리도 안 들리는데 무슨 소리는 소리.

내가 뭐라 말을 하려 하자 뻣뻣대마왕은 그의 마른 손으로 내 입을 막았다. ‘뭐 하는 짓이야?’ 라고 말했지만, ‘음음음음’ 으로밖에 들리지 않았다.

“크하하하!”

“…….”

귀를 의심했다. 환청이 아닐까 생각될 정도로 작은 소리였다. 하지만 그 소리를 듣자마자 몸이 굳었다. 이 친숙한 느낌.

공포!

‘악마’가 분명했다.

“여기서 기다려라.”

뻣뻣대마왕은 그 한마디를 남기며 사라졌다. ‘어?’ 하는 사이에 이미 그는 수풀을 지나 어딘가로 사라졌다. 폼만 잡으면서 천천히 걷는 줄 알았는데, 저 사람은 말이 따로 필요없었다. 분명히 말보다 놈의 발이 더 빠를 것이다.

“…….”

나는 홀로 남겨졌다.

이 숲은 절대로 홀로 남겨지고 싶은 장소가 아니었다.

<u>끄으으으</u>.

“…….”

그렇다.

절대로 홀로 있을 곳이 못 되는 곳이었다.

타다다다!

나는 뻣뻣대마왕이 사라진 곳을 향해 전속력으로 달렸다. 이미 놈은 시야에서 사라진 지 오래였다. 나무 몇 그루를 조금만 지나도 여기가 저기랑 똑같고 저기도 여기랑 똑같다. 어디로 가야 할지 전혀 감도 안 잡힌다.

"크윽!"

하지만 악마의 음성이 나를 이끌고 갔다. 악마 특유의 '크하하하'가 아닌 '크윽'이 들리는 걸 보면 뻣뻣대마왕은 이미 도착한 모양이다.

정말 빠르다.

나는 힘이 들어도 최대한 빨리 달렸다. 나 혼자서 악마를 쫓는다고 생각하면 상당히 두려웠지만 이미 뻣뻣대마왕이 도착해 있었다.

캉!

쇠의 마찰음이 들린다. 그 소리가 꽤 큰 걸 보면 그들에게서 가까워진 모양이다.

거친 풀에 의해 다리가 긁히기 시작했지만, 그런 걸 신경 쓸 겨를은 없었다.

악마!

놈을 보고 싶었다. 그의 강렬한 초록색 눈동자는 뇌리에 각인되어 있었다.

어느새 뻣뻣대마왕의 거친 숨소리가 들렸다. 그와 함께한 3개월 동안 단 한 번도 그가 숨을 헐떡이는 걸 본 적이 없었기에 걱정이 되기 시작했다. 물론 마왕이 겨우 악마한테 당할 거라는 생각은 하지 않았지만, 그래도 그 악마가 무진장 센 악마면 또 모른다. 깊은 상처를 입을지도…….

"……!"

큰 나무 하나를 지나치자 뺏뺏대마왕의 모습이 드러났다. 뺏뺏대마왕은 누군가를 치료하고 있었다. 터져 나오는 피의 분수를 옷을 찢어 지혈하고 있었다.

나는 황급히 뺏뺏대마왕의 옆으로 다가갔다.

"요한!"

황금빛의 머리카락에 붉은 물감이 스며들기 시작했다. 그의 긴 속눈썹은 고통에 파르르 떨고 있었다. 눈동자에 생기가 점점 옅어지고 있었다.

요한의 배에는 깊은 검상이 있었다. 터져 나오는 피의 봇물은 쉽사리 지혈되지 않았다.

"뺏뺏대마왕! 네가 악마를 막았던 거 아니야!"

목소리가 저절로 커졌다.

요한은 내가 마음에 들어 한 유일한 평민이었다. 그가 괴로워하는 모습을 보니 가슴이 찢어지는 듯했다. 이런 감정을 느낄 줄은 몰랐는데 정말 어떻게 해야 할지 모르겠다.

뺏뺏대마왕은 검상 부위를 세게 누르며 말했다.

"내가 도착했을 때는 이미 '놈' 이 사라진 후였다."

고개가 갸웃거려진다.

뻣뻣대마왕은 그야말로 가공할 속도로 '악마'를 향해 달려갔다. 여기까지의 거리가 그렇게 먼 것도 아니었으니 분명히 '악마'와 맞닥뜨렸을 텐데…….

"말이 안 되잖아!"

뻣뻣대마왕은 아무 말도 하지 않았다. 그 역시 표정이 좋아 보이지 않았다. 의문에 가득 찬 얼굴이라고 할까? 하고 싶은 말은 많았지만 참았다.

"큭!"

잘 지혈되는 듯싶더니 피가 또 한차례 터져 나왔다. 보통 악마는 얇은 검상을 내며 수백 차례 휘둘러 사람을 죽였는데, 이번에는 조금 다른 방법을 쓴 모양이다. 거의 몸을 관통하다시피 찌르지 않고서는 저런 검상이 생길 수가 없었다.

뻣뻣대마왕의 손은 또다시 바쁘게 움직였다.

절대로 멈추지 않을 것만 같던 피가 서서히 멈추기 시작했다.

하지만 여전히 요한의 얼굴은 창백하기 그지없었다.

뻣뻣대마왕이 품에서 붕대를 꺼내며 물었다.

"어떻게 된 일이지?"

"아픈 사람한테 꼭 지금 물어봐야 돼?"

뻣뻣대마왕은 들은 척도 하지 않았다. 정말 독하기 짝이 없었다.

"괘, 괜찮아."

뻣뻣대마왕의 치료는 어느새 끝났다. 정말 빠른 손을 가진 놈이었다.

"그가 가, 갑자기 공격해 와서 막기는 했는데, 그 다음 바로 찔렸습니다. 그리고 교수님이 오시자마자 그는 흐… 흔적도 없이 사라졌습니다."

말하는 게 상당히 힘들어 보였다.

뻣뻣대마왕에게 '뭐 하는 짓이야?' 라는 식으로 노려봤지만 정말 꿈쩍도 하지 않았다.

뻣뻣대마왕은 생각을 정리하는지 잠잠했다.

나는 요한에게 바짝 다가갔다.

"그 악마, 무진장 무서운 녀석이지! 나도 놈을 봤는데 무시무시하더라고. 그 자식이 '크하하하' 하고 웃으면 몸이 얼어. 나 같은 고귀한 몸도 그러는데 너는 얼마나 무서웠겠니."

평소라면 이렇게 평민을 걱정할 리 없었는데, 상대가 요한이라서 그런지 진심으로 위로해 주고 싶었다.

"그게 위로인가?"

물론 그 따뜻하고도 훈훈한 분위기에 찬물을 끼얹는 건 언제나 뻣뻣대마왕이었다.

"그럼?!"

뻣뻣대마왕을 노려보며 따졌다.

놈은 어깨를 한 번 으쓱할 뿐이었다. 저놈은 불리하다 싶으면 언제나 어깨를 으쓱한다.

"뭐 하는 짓이냐?"

뻣뻣대마왕이 요한을 부축하여 일으켰다. 상처가 벌어질까 싶어 심장이 벌렁거린다.

"안가로 데려간다."

대수롭지 않다는 눈빛이 마음에 안 든다.

"그럼 나는?"

"알아서 하도록."

"……."

6

이 불길한 숲을 나갈 수 있는 방법을 내가 알고 있을 리가 없다.

나는 뻣뻣대마왕과 함께 요한을 안가의 침대에 눕혀놓았다. 물론 뻣뻣대마왕이 혼자 부축하고 나는 그냥 뒤따라간 것이지만…….

"여기 앉아서 뭐 하냐? 악마 잡으러 안 가?"

뻣뻣대마왕은 오두막 앞에 걸터앉고 있었다.

내가 질문을 했음에도 불구하고 뻣뻣대마왕은 대답을 하

지 않았다.

"악마가 지금 또 누군가를 죽이고 있을지도 모르는데 넌 마음 편하게 쉬고 있는 거냐?"

나는 혀를 찼다.

그러자 뻣뻣대마왕이 조용히 나를 바라봤다. 참으로 살벌한 눈빛으로.

"이미 학생들은 모두 대피했다. 숲에 깊숙이 들어온 몇 조를 빼고는 모두 안전하다."

"몇 조만 빼고?"

"너희 조와 두세 조가 아직 못 빠져나갔겠군. 발레키가 지도하고 있으니 걱정 말도록."

안도의 한숨을 내쉬려던 찰나, 불길한 생각이 뇌리에 스쳤다.

'발레키가 지도하고 있다고?'

"그걸 위로라고 한 거냐?"

뻣뻣대마왕은 고개를 돌렸다. 말하고 싶지 않다는 걸 참 기분 나쁘게 표현한다.

나는 뻣뻣대마왕과 대화하기를 포기했다.

뻣뻣대마왕과 같이 있느니 나는 고통에 괴로워하고 있는 요한의 옆에 있어주기로 마음먹고 오두막 안으로 들어갔다.

"빌어먹을 삣삣대마왕. 너무 무책임한 거 아니야?"

교수면 최대한 빨리 악마를 추적하여 잡아야지 아무것도 하지 않으며 쉬고 있다니. 정말 삣삣대마왕은 조금도 이해할 수 없었다.

나는 침대로 다가갔다.

"……."

그리곤 얼어버렸다.

주위를 둘러보았다. 침대도 들춰보고, 쇼파의 아래도 보고, 화장실도 찾아보고, 창밖, 심지어는 머그 잔 밑도 찾아봤다.

없었다.

"삣삣대마왕!"

부르자마자 그가 들어왔다.

주위를 둘러본 그도 놀란 얼굴이었다.

"요한이 없어졌어!"

믿을 수 없었다. 밖에 나갔다가 온 지 5분 정도 되었을까? 오두막 안에서 아무런 소리도 들리지 않았다. 그런데 감쪽같이 사라지다니…….

'어떻게?!'

요한이 입은 치명상으로는 혼자서 움직일 수 없었다. 무엇보다도 요한은 정신을 잃은 상태였다. 삣삣대마왕이 데려올

때부터 정신이 오락가락했다. 말도 안 되는 소리를 중얼거리
기도 했고……

그때 뇌리를 스치는 생각이 있었다.

"악마가 데려갔어!"

그 생각은 나를 공포와 전율에 휩싸이게 했다. 악어가 먹이
를 물면 그 어떤 일이 있어도 놓지 않는다는 이야기를 들은
적이 있었다. 악마 역시 그런 종류의 사냥꾼인지도 모른다.

나는 뻣뻣대마왕을 돌아봤다. 이제 어떻게 할 생각인지 묻
고 싶었다.

그는 어느새 뒷문 주위를 훑고 있었다. 무엇이라도 흘린 흔
적이 있는지 바닥을 유심히 보고 있었다.

"뭐 해, 안 찾고?!"

혹시 요한이 바닥으로 꺼졌는지 확인하는 건가?

한심해서 저절로 고개가 흔들어진다.

"추적."

"추적?"

뻣뻣대마왕은 고개를 한 번 끄덕였다.

"이쪽으로 갔다."

나는 그가 가리킨 앞쪽을 바라봤다. 굳이 말해주지 않아도
핏자국이 있었다. 망자의 숲은 칙칙한 회색 빛의 흙과 생기를
잃은 풀밖에 없어 선명한 피가 눈에 확 띄었다.

　나와 뺏뺏대마왕은 피를 따라갔다. 최대 5분 거리다. 그 악마 놈이 얼마나 힘이 센지는 몰라도 요한을 질질 끌면서 5분 동안 그렇게 멀리 도망갈 수는 없을 것이다.

　앞장서던 뺏뺏대마왕이 갑자기 멈췄다.

　흔적이 끊긴 것도 아니었다. 듬성듬성 있긴 하지만 아직도 피의 흔적은 남아 있었다.

　"……."

　뺏뺏대마왕은 바닥을 유심히 보고 있었다. 피의 길만 잘 보면 되는 건데 이상하게도 놈은 그 주위를 훑고 있었다. 그러더니 점점 길에서 벗어나기 시작했다.

　그는 천천히 피의 길과는 다른 방향으로 가기 시작했다.

　"어디 가! 요한은 여기로 갔잖아!"

　뺏뺏대마왕은 한심하다는 눈길로 나를 돌아봤다. 도대체 누가 누굴 한심하게 보는 건지…….

　"여기에 발자국이 있다."

　"……?"

　나는 뺏뺏대마왕의 말에 바닥을 유심히 살폈다. 분명히 발자국이었다. 정확하게는 발자국들이었다. 하지만 발자국들이 있는 건 당연했다.

　"여기에서 신입생 전부를 데리고 대회를 했으니까 당연히 발자국이 있지! 바보냐?"

사실 교수에게 함부로 말하기란 쉽지 않다. 적어도 욕은 삼 갔는데, 요한의 걱정 때문인지 말이 아무렇게나 나왔다. 물론 뻣뻣대마왕은 신경도 쓰지 않았다.

"새로운 발자국들이다."

"……."

나는 다시 유심히 발자국들을 살폈다.

어떤 발자국이 먼저 생기고 그 다음에 생겼는지 판단하는 건 쉬운 일이 아니었다. 물론 발자국 위를 밟으면 그전에 생 겼던 발자국이 변하고 다음에 생긴 발자국이 선명하게 찍히 지만…….

"발자국이 이렇게 많은데 그걸 어떻게 알아?"

수십 개의 발자국이 밟히고 또 밟혀 있다. 어떤 게 새로운 건지 아는 건 불가능에 가까웠다.

"나는 이쪽으로 가겠다. 원한다면 그쪽으로 가도록."

"……."

사람이 이렇게까지 무책임할 수가 없었다.

뻣뻣대마왕은 정말로 나를 홀로 남겨놓고 가버렸다. 어이 가 없어서 한참 동안을 멍하니 서 있었더니, 이미 그는 시야 에 사라지고 없었다.

나는 고개를 돌려 핏자국이 있는 길에 시선을 두었다.

"……."

뻣뻣대마왕이 어디로 사라졌는지도 모른다. 이제는 선택
권도 없었다.

나는 피의 흔적을 따라 천천히 걷기 시작했다.

끄으으으.

"……."

나는 이 '나무가 움직이면 날 듯한 소리'를 들으면서 추적
을 계속했다.

'근데 이 나무들은 나 혼자 있을 때만 움직이나?

이상하게도 뻣뻣대마왕이랑 같이 있으면 아무런 소리도
들리지 않는다. 뿐만 아니라 이 망자의 숲이 그냥 평범한 숲
으로 느껴진다.

하지만 혼자서 숲을 헤매면 망자의 숲에서 요사스러운 기
운이 느껴지기 시작한다. 거기에서 끝이 아니라, '끄으으으'
하는 소리까지 들리기 시작하면 온몸이 부들부들 떨리고, 생
각도 원활하게 돌아가지 않는다. 그냥 추적에만 신경을 쓰면
되는데 계속해서 사악하게 웃는 움직이는 나무가 머릿속에서
아른거린다.

"……."

나는 멈췄다.

공포에 미쳐서가 아니었다. 공포에 절어 있던 내 정신이 활
짝 깨었다. 개벽을 맞이하는 느낌이라고 할까? 어쨌든 새로

이 태어난 느낌이다.

"피가 없다."

그렇다.

더 이상의 흔적이 없었다. 지금까지는 별 생각 없이 피가 이끌어주는 곳으로 따라가기만 하면 되었다.

나는 주위를 둘러봤다. 혹시나 다른 방향에 피가 묻어 있을지도 모르고, 흔적이 멈췄다는 건 요한이 근처에 있다는 말일 수도 있었다.

"……."

하지만 아무것도 없었다.

요한이나 다른 자국도 없었고, 심지어는 발자국도 없었다. 아무런 흔적조차 없었다. 발자국이 단 하나도 없다는 말은 숲의 이곳까지 발을 디딘 사람이 단 한 명도 없다는 뜻.

"여긴 어디지?"

숲이 더 무서워 보인다. 날이 저물고 있어서 그런지 빛이 빠르게 사라져 가고 있었다. 안 그래도 어두운 숲이었는데 조금만 있으면 어둠의 숲이 될 것 같았다.

"……."

난 비싼 수프를 쏟아 허벅지를 데여 치료를 하려고 의사를 만나러 가는 길에 돌부리에 걸려 넘어져 있는데, 누가 내 위에 넘어지고, 그 위를 마차가 지나가 등이 반으로 접힌 상태에서 마른하늘에 벼락을 맞은 기분이라는 걸 조금이나마 이해할 수 있을 것 같았다.

쏴아아아!

비가 오기 시작했다. 해가 지고 있는 게 아니라 먹구름이 몰려오고 있어 어두워진 모양이다.

"차라리 해가 지지."

어두워지는 것보다 더 나쁜 상황이 올 줄은 몰랐다.

무거운 비였다.

순식간에 옷이 젖었다.

나는 이 축축하고도 찜찜한 상태에서 흔적도 없는, 있어도 이제 비에 의해 사라진 흔적들을 따라 어디로 갔는지 자그마한 단서도 없는 요한을 추적해야 했다.

"흐음."

턱을 매만졌다.

이 정도로도 충분히 상황은 나빴는데 무엇인가 하나를 빠뜨린 느낌이었다.

탁!

나는 이마를 쳤다.

"악마도 있었지!"

그렇다.

나는 이 축축하고도 찜찜한 상태에서 흔적도 없는, 있어도 이제 비에 의해 사라진 흔적들을 따라 어디로 갔는지 자그마한 단서도 없는, 엄청나게 살벌한 악마에 의해 끌려간 요한을 추적해야 했다.

쏴아아아!

이 비가 나의 근심까지 씻어 내려갔으면…….

7

"……."

나는 주위를 둘러보았다.

비가 무겁게 내려 눈을 제대로 뜨기가 힘들었다. 몸도 축 늘어지기 시작해서 걷기도 싫어졌다. 그냥 주저앉고 싶었다.

"또 길을 잃다니……."

정말 오늘만 해도 길을 잃은 횟수가 평생 길을 잃은 횟수보다 많을 것이다.

주위가 깜깜해지고 있는 것도 한몫을 했지만, 나는 핏자국만 따라 여기까지 오게 되었다. 그런데 그 핏자국은 비에 의해 아주 깨끗하게 씻겨졌다. 예전에 동화에서 멍청하게도 빵 조각을 놓아 길을 잃지 않으려던 바보 같은 꼬마를 욕한 적이 있었다.

나는 도대체 무슨 생각으로 핏자국만 믿고 이 먼 곳까지 오게 된 걸까?

"휴우."

그때였다.

사사삭.

"……!"

나는 황급히 소리가 들린 쪽을 쳐다봤다. 유난히 큰 덤불 근처에서 들렸다.

나는 덤불을 향해 걸었다.

아니, 걸으려고 했다. 하지만 발을 뗄 수가 없었다. 다리가 후들후들 떨렸다. 확인하고 싶었지만 확인하고 싶은 만큼 그냥 도망치고 싶었다. 요한일지도 모른다는 생각도 들었지만, 악마일 확률도 높았다.

"어?"

그러나 가야 하는지 말아야 하는지 고민할 필요가 없었다. 고민의 원흉이 제 발로 기어나오고 있었다. 심장 쿵쾅거리며 심하게 뛰었다. 검을 꺼내야 한다는 생각에 손을 갖다 대었지만, 너무도 심하게 떨려 검을 제대로 뽑아낼 수가 없었다.

"넌!"

덤불 사이로 나온 인물은 낯이 익었다. 불타오르는 듯한 붉은 머리와 녹색의 눈동자, 수염을 대충 깎은, 남성미가 물씬 묻어나는 놈이었다. 살짝 튀어나온 이마까지 멋져 보이는, 카리스마가 느껴졌다.

"악마!"

친숙한 느낌을 가질 때가 아니었다.

놈이 바로 그 악마였다. 어둠 속에서 광채를 발휘하는 듯한 초록색 눈. 잊을 수가 없었다.

악마는 한 걸음 한 걸음 천천히 내 쪽으로 다가오고 있었다. 걸음걸이가 꽤나 멋지다. 아니, 왜 다가오는지 전혀 모르겠다.

"……!"

물론 짐작이 갔다. 악마는 사람의 몸을 너덜너덜한 시체로 만드는 취미가 있다. 이미 확인된 시체가 두 구. 내가 그 다음 대상자로 선택된 것이다.

스르릉!

나는 황급히 검을 뽑았다.

일단 검을 뽑자 어느 정도 마음이 차분해졌다. 하지만 머리가 차갑게 식고 나서도 떨림은 가시지 않았다. 아니, 한 가지 사실이 더 또렷하게 드러났다.

'뭐 하는 놈이야?!'

검을 뽑아 들고 있지만 그래도 두렵다. 아니, 정확하게는 더 두려워졌다. 절대로 상대할 수 없는 적이라고 느껴진다. 이건 마치 뻣뻣대마왕을 향해 검을 겨눈 느낌이었다.

“검사가 뽑은 검에 무슨 의미가 담겨 있는지 알고 있나?”

경험 많은 용병이 말하는 기분이 들었다. 그들에게는 특유의 냄새가 있었다.

“……?”

그는 입술을 매만지며 말했다.

“죽음을 각오하고 너를 죽이겠다.”

“……!”

온몸이 부르르 떨린다. 생긴 것만 남성다운 게 아니었다. 목소리, 그리고 그의 말에도 묵직한 무엇인가가 느껴졌다.

딱.

뜬금없이 놈이 손가락을 튕겼다.

놈을 멍하니 바라보는데…….

“으음…….”

현실이 현실처럼 느껴지지 않는다. 감각이 제 기능을 잃고 있다. 정신의 끈이 느슨해지기 시작한다. 몸이 나른해진다.

잠이 들었다…….

8

“흐음?”

누군가가 나를 흔들어댔다. 손길이 참 부드러워 깊은 잠을 방해하는 데도 기분이 좋았다. 평소 같았으면 그냥 발로 차버렸을 테지만 지금은 천천히 눈을 떴다.

잠은 한번에 깨는 게 아니다. 천천히 몸의 기관을 하나씩 깨워야 포근한 기운이 오랫동안 같이한다.

"요한!"

나를 깨운 건 요한이었다.

그의 긴 금빛 머리가 볼을 간질인다.

"일어났어?"

그의 목소리가 조금 색달랐다. 평소의 다정다감한 목소리가 아니라 오히려 아무런 감정이 담겨 있지 않았다. 게다 그의 모습이 조금 이질적으로 느껴졌다. 그 원인을 몰라 요한의 얼굴을 유심히 보는데…….

'눈동자가 풀렸어.'

"근데 내가 왜 여기에 누워 있지?"

나는 단순히 요한이 피곤해 보이는 거라 생각했다. 그가 쏟은 피의 양과 깊은 상처를 생각해 보면 멀쩡할 수가 없었다.

나와 요한은 숲의 한가운데 있었다. 숲의 그 어떤 부분도 다른 부분과 똑같이 생겼기 때문에, 지금 어느 정도의 위치에 있는지 짐작도 가지 않았다.

"모르겠어. 지나가는 길인데 네가 여기에 누워 있던데?"

소름 끼칠 정도로 무감정한 목소리였다.

마음 한편에 피어오르는 불안감을 무시했다.

"맞아! 너, 어디 갔었어? 안가에 데려놓자마자 사라져서 얼마나 놀랐는지 아냐?"

악마에 의해 끌려갔는 줄 알았는데…….

"오줌이 마려웠어."

요한은 대수롭지 않다는 투로 말했다.

나는 요한의 눈을 봤다. 그의 눈동자는 조금도 떨리지 않았다.

"화장실에 너 없었는데?"

"화장실도 있었나? 바깥에서 봤어."

"……."

어색하다.

요한은 아무렇지도 않게 답변했지만 놈과의 대화가 너무도 어색했다. 요한과 이야기를 하고 있었지만 실제로는 말할 줄 아는 인형이랑 하는 느낌이다.

'바깥에도 없었는데, 구석에서 했나?

의문이 해소되지는 않았지만 더 이상 묻지 않았다. 요한은 어딘가 아파 보였다. 아픈 놈을 데리고 심문에 가까운 질문을 하고 싶지는 않았다.

"여기서 안가로 어떻게 돌아가지? 적어도 뻣뻣대마왕은 찾아야 되는데……."

나는 일어나서 주위를 둘러보았다. 비가 한차례 와서인지 바닥은 질퍽거렸고, 발자국은 깨끗이 지워졌다. 내가 어디서 왔는지, 내가 어디로 가야 되는지 전혀 모르겠다.

머리를 긁적였다.

그때 갑자기 뇌리를 스치는 의문이 있었다.

'악마는 어디 갔지? 분명히 놈의 앞에서 기절을 한 게 기억나는데……. 그냥 나를 살려줬나?'

나는 고개를 갸웃거렸다.

퍼즐은 많은데, 그 퍼즐이 하나의 그림으로 완성될 기미가 보이지 않았다. 애초에 한 그림의 퍼즐인지도 확실치 않았다.

"근데 요한, 넌 어떻게 여기… 크윽!"

요한에게 물으려 뒤를 돌아보려는 찰나에 등이 따가웠다. 따가움과 함께 따뜻함이 느껴졌다.

"…왜?"

요한의 손에 그의 검이 들려 있었다.

다행히 그의 검에 베인 등의 상처는 그리 깊지 않았다. 그렇지만 계속해서 따끔거렸다.

머리가 복잡했다.

요한은 초점이 없는 눈동자로 나를 응시했다.

"이유?"

등골이 서늘해진다. 그의 음성은 내 마음 깊은 곳에 공포라는 놈을 밀어 넣었다.

"그런 건 없어."

놈의 입꼬리가 살짝 올라갔다.

악마.

만약 이 세상에 악마가 있고, 그 악마가 미소를 짓는다면 분명 요한의 미소와 비슷할 것이다.

"굳이 찾자면 그 비명 소리? 절망에 빠진 사람이 극한의 고통을 느꼈을 때 지르는 그 비명 소리! 그래, 그 짜릿한 비명 소리는 그만한 가치가 있지."

천사의 아름다운 외모가 이렇게나 사악하게 보일 수가 없었다. 그의 눈빛에 담겨 있는 위험한 광기! 그 광기는 내 몸을 단번에 얼려 버렸다.

요한.

믿을 수가 없었다.

그가 지금까지 숲에서 신입생들을 죽인 것일까? 우리 조에 있었을 때? 언제?

"……!"

요한의 몸이 살짝 떨리더니 사라졌다.

어떻게 된 건지 파악하려던 찰나에 서늘한 감촉이 등에서 느껴졌다.

"안녕."

눈이 저절로 감겼다.

정말로 이게 끝인가 싶었다. 이렇게 어이없이 내 인상의 마침표를 찍는 건가 싶었다. 천하의 내가, 크리스티안 줄리어스 아신이 이렇게 허무하게 죽는 건가 싶었다.

죽기 전에는 자신의 인생이 짧게 파노라마처럼 스쳐 지나간다고 한다. 그것도 가장 아름답고 행복한……. 하지만 난 그런 기억이 없었다. 아버지가 노예 문서를 나에게 보여주는 장면, 뻣뻣대마왕이 노예 문서를 나에게 보여주는 장면, 넓적 얼굴이 나에게 건넨 빵을 구석에 던져 버리는 장면……. 잊고 싶은 장면들만 떠오른다.

"크윽."

요한이 뒤에서 내 목을 꽉 죄었다. 숨통을 죄는 게 아니라 단순히 내가 움직이지 못하게 압박을 가하는 것이었다.

입가에 쓸쓸한 미소가 지어졌다.

스르릉!

순식간이었다. 검은 어느새 내 손에 들려 있었고, 왼쪽 팔꿈치로 요한의 갈비뼈를 힘껏 때렸다. 놈이 검을 휘둘렀을 때는 이미 내가 자유로운 움직임을 되찾은 후였다.

이상하게도 요한의 검이 너무도 느려 보였다.

더 이상한 건 내 검 역시 너무도 느려 보인다는 것이었다. 내 눈이 잡을 수 있는 시간의 간격이 몸이 감당할 수 있는 시간의 간격보다 짧은 모양이었다.

짧은 간격은 그만큼 같은 시간이라도 길게 느낄 수 있다는 말이다.

나는 이를 악물었다.

억지로 몸을 눈과 같은 시간의 잣대에 맞추었다. 힘이 쭉쭉 빠져나가는 느낌과 함께, 나는 요한의 검을 쳐낼 수 있었다. 그뿐만이 아니었다. 공격권에 있어 유리한 자리를 차지하는 데 성공했다.

요한의 미동도 없던 눈동자에 큰 변화가 있었다.

적잖게 놀란 모습이었다.

사실 나도 내가 지금 체감하고 있는 영역에 익숙지 않았다. 하지만 너무도 좋은 느낌이었다. 남을 초월할 수 있는 특별한 영역을 거니는 이 기분이란…….

캉!

요한의 검은 비상식적으로 꺾여 들어왔다. 정말로 이해할 수 없었다. 분명히 왼쪽 어깨를 향해 찔러 들어왔는데, 정작 막고 보면 왼쪽 갈비뼈 부근이다.

상당히 아슬아슬하게 쳐냈다. 내 검이 조금만 짧았어도 감당할 수 없는 치명상을 입었을 것이다.

내 운에 감동하고 있는데 한 가지 중요한 사실을 깨달았다.

'없어!'

눈앞에 있던 요한이 사라졌다.

캉!

"......."

이번 검은 정말 얼떨결에 막았다. 몸이 제멋대로 움직였다. 직감에 충실했다고나 할까?

"......."

요한의 움직임은 입을 쫙 벌어지게 했다. 그가 가볍게 도약을 하는데 적어도 2미터를 뛴 것 같았다. 내 머리를 향해 찔러 들어오는 검은 어떻게 막아야 할지 막막했다.

결국 나는 옆으로 굴렀다. 옷이 진흙 범벅이었지만 어차피 젖은 옷이었다.

어느 정도 거리가 확보되자 우리는 더 이상 서로를 공격하지 않고 잠시 동안 소강상태가 되었다. 마땅히 공격할 틈을 못 찾았다는 게 맞는 표현일 것이다.

"너, 그딴 건 요하네스에서 안 가르쳐 줬잖아!"

비상식적인 도약, 믿을 수 없는 속도, 비상식적으로 꺾이는 검로.

벌써부터 기가 질렸다.

정말 독특했다.

이건 압도적인 검술의 차이 때문에 느끼는 위압감 같은 게 아니었다. 단순히 인간의 범주를 벗어난 신체 능력에 놀란 것일 뿐이었다.

휘익!

"흐읍!"

나는 황급히 고개를 숙였다. 말을 하고 있는 틈을 타 어느새 거리를 좁혀 머리를 노리는 요한이었다. 정말 기가 막혀 뭐라고 욕해주려는 찰나,

캉!

이번에도 비상식적으로 찔러 들어오는 검을 간신히 막았다. 내 검이 긴 편이라는 게 이렇게 도움이 될 줄은 꿈에도 몰랐다.

캉캉!

왼쪽에서 오른쪽으로, 대각선에서 그 반대편으로……. 자유자재로 꺾여 들어오는 검에 점점 한계를 느끼고 있었다. 팔이 뻐근해지고 있었고, 억지로 검끝으로 막아대고 있어 손목에도 무리가 갔다.

휘익!

애써 빈틈을 찾아 거리를 단번에 좁히면 놈은 비상식적인 도약으로 어느새 내 뒤에서 공격을 펼치고 있었다. 놈의 공격은 화려하지 않았다. 그렇게 단련된 것도 아니었다. 하지만 당하는 입장에서는 정말 죽을 맛이었다.

캉!

그의 비상식적인 신체 능력은 거기에서 끝이 아니었다. 시간이 흐를수록 깨닫게 되는 게 하나 더 있었는데…….

"하아! 하아! 지치지도 않나!"

캉캉!

연달아 빠르게 검을 휘둘러 대는 놈의 검을 힘겹게 쳐냈다.

놈은 지칠 줄을 몰랐다.

캉!

목을 향해 베어 들어오는 검을 막으면서도 간담이 서늘했다.

이제는 검에서 불똥이 튄다. 손이 아려오기 시작했다.

그때 뇌리를 스치는 말이 있었다

"힘을 비축하기 위한 최고의 방법은 위치 선정이다. 스텝을 조금이라도 소홀히 한다면 금세 체력이 축날 수밖에 없다."

너무도 힘들어 스텝은커녕 이리저리 피하기에 바빠서 잊고 있었다.

이리저리 상대방의 눈을 현혹시키는 스텝은 체력의 소모가 극심하지만 적절한, 그러니까 공격권의 우세를 위한 자리 싸움에서는 효율적인 스텝이 필요했다.

지난 한 달간 받았던 '뻣뻣대마왕표' 지옥 훈련에서 뼈 빠지도록 연습한 부분이었다.

막을 때는 무게 중심이 앞으로 쏠리게 하면서,

캉!

막아냈을 때는 앞으로 쏠린 무게 중심을 이용하여 단번에 거리를 좁히고, 상대의 빠른 연격에 대비하기 위해 옆으로 한 걸음을 옮긴다.

캉!

그렇게 상대의 검 쪽으로 빠르게 한 걸음을 옮기면 상대가 검에 힘을 온전히 담기 이전에 검을 막는 게 가능해진다.

캉!

온전하지 않은 검을 막아냈을 때는 상대의 균형이 깨질 수밖에 없다. 그 틈을 타 최대한 빨리 스텝을 밟아 검을 휘두른다.

요한은 내 검을 간신히 막아내었다. 그것으로 충분했다. 공세는 급변했다. 지금만큼은 뻣뻣대마왕이 가르쳐 준 스텝들이 모두 생각났다. 몸이 알아서 최고의 자리를 점했고, 검은 요한이 막기 곤란한 곳만 알아서 찔렀다.

'오!'

입에 저절로 미소가 띠어졌다.

이렇게 즐거울 수가 없었다. 생명에 대한 위협감이 사라진 지는 오래였다. 그냥 수련의 연장 같았다. 아니, 그냥 노는 것 같았다.

캉캉!

십자 베기가 수월하게 펼쳐진다. 보통 연습할 때만 수월하지 상대를 놓고 휘둘러 보면 그 연결이 어색하기 그지없다. 하지만 손끝에 전해지는 이 강한 떨림! 힘의 분배가 완벽했다.

공격이 제대로 들어가기 시작하고, 요한의 얼굴에 낭패한 기색이 역력히 드러나면 날수록 무엇인가가 머리를 계속해서 괴롭혔다.

이런 상황에서 조심해야 하는 무엇인가가 있었다.

하지만 떠오르지 않았다.

나는 고개를 절레절레 흔들었다.

캉!

요한의 찌르기가 빠르게 들어왔다. 하지만 억지로 나를 밀어내면서까지 찔렀기 때문에 검에 힘이 조금도 없었다. 검의 떨림이 그걸 증명했다.

미소가 짙어졌다.

정말 신이 났다. 뻣뻣대마왕에게 배울 때는 몰랐는데 검술이 이렇게 신이 나는 건지 짐작도 못했다.

사람들이 일부러 땀을 빼면서까지 검술을 배우는 이유를 조금은 알 수 있을 것 같았다.

휘익!

이제는 굳이 막지 않아도 되었다.

스텝이 익숙해지니 놈의 검을 읽고 피하는 게 쉬워졌다. 검을 피함과 동시에 안쪽으로 스텝을 밟으면서 놈의 빈틈을 노렸다.

캉!

이번에도 역시 막아냈지만 그의 표정은 한없이 일그러지고 있었다.

웃음이 새어 나오려고 했다.

이거 뭐, 쉬엄쉬엄 상대해도 문제가 없을 것 같다. 더 이상 놈의 검은 비상식적으로 꺾여 들어오지 않았고, 날카로움 역시 잃었다.

무엇보다도 놈의 패기가 사라졌다.

"겨우 이 정도였냐?"

내 조소에 요한의 얼굴이 처참하게 일그러졌다. 드디어 '악마'에 알맞는 얼굴이 나왔다. 천사와 같이 아름답던 얼굴도 처참하게 구겨지니 보기 흉했다.

"이딴 실력으로 신입생들을 죽였냐? 겨우 네 쾌락을 위해서?"

생각해 보니 열 받기 시작한다. 놈의 반반한 얼굴은 속임수에 지나지 않았다. 그 얼굴로 사람을 향해 검을 수백 번이나 휘둘렀다고 생각하니 끔찍했다.

캉!

힘을 가득 줬더니 요한이 한없이 밀려났다. 밀려나며 뒤로 자빠질 뻔한 모습을 보니까 절로 웃음이 나왔다. 어느 정도 거리가 생기자 아주 좋은 생각이 떠올랐다.

찌른 후에 회전해서 한 번 베기.

다닥!

최대한 빨리 놈과의 거리를 좁혔다.

그리고 검을 길게 찔렀다.

챙!

당연히 요한은 옆으로 검을 쳐냈다. 나는 그 회전력을 이용하여 한 바퀴를 돌아 원심력이 가중된 베기를…….

퍽!

아직 채 돌지도 못했는데 요한이 발로 내 어깨를 차버렸다. 예상치도 못한 공격에 몸의 균형은 단번에 깨져 바닥을 구를 수밖에 없었다.

회전을 하는 데 시간을 너무 쓴 모양이다.

"……!"

그제야 아까부터 나를 괴롭히던 말이 떠올랐다.

"자신이 만족할 만한 검술이 펼쳐질 때 가장 조심해야 한다. 검술에서 가장 중요한 건 마음가짐이다. 항상 겸손해야 한다. 겸손만이 자신의 검술에 대한 정확한 판단을 가능하게 하기 때문이다. 어쩌다 잘 들어간 공격에 우쭐해서 자신의 한계를 잊게 되면 되돌릴 수 없는 결과를 맞이하게 된다. 그걸 절대로 잊지 마라.”

정신을 차렸을 때는 이미 늦었다.
흠칫!
이미 요한의 검이 내 목에 닿아 있었다. 조금만 움직여도 내 머리는 더 이상 몸과 붙어 있지 않으리라.
한껏 신이 나 있던 감정은 폭삭 무너졌다. 정말 이렇게 한심할 수가 없었다. 공방에 있어 명백히 우세를 점하고 있었는데, 지금의 이 결과에는 할 말이 없었다.
“안녕.”
나는 그때 볼 수 있었다.
여전히 아무런 빛도 없는, 마치 자신이 꼭 해야 할 일을 하고 있다는 듯이 태연한 놈의 모습을…….
“만나서 반가웠어.”
악마는 검을 치켜들었다.
이번에는 아무런 생각도 나지 않는다. 인생의 그 무엇도 떠오르지 않는다.
끝이었다.

눈이 저절로 감겨졌다.

그리고…….

털썩.

검고 긴 터널이 보이고, 그 속에서 나를 이끄는 밝은 빛이 보인다. 이게 그 말로만 듣던 천국행 터널인가 보다. 역시 나는 착해서 천국을 보장받은 모양이다. 천국에 가면 착한 몸매들이 많겠지…….

9

흔들흔들.

갑자기 긴 터널이 깨진다. 유리가 와장창 깨지는 그런 모습으로……. 그리고 몸이 후진을 하기 시작했다. 언제는 중력을 무시하고 위로 올라가더니, 이제는 가속도가 점점 붙어 추락하고 있었다.

더 이상 천국을 향하고 있지 않았다. 오히려 천국의 반대 방향으로 떨어지고 있었다. 그렇다는 말은…….

지옥?

나처럼 착한 인간이 어디 있다고 지옥으로!

그러고 보니 누가 나를 붙잡고 있었다. 이놈이 분명 나를 지옥으로 데려가고 있었다.

놔라! 나는 천국으로 갈 거야! 왜 붙잡는데?!

아무리 몸부림을 쳐도 어디론가 떨어지는 느낌이 계속되었다.

그때 나를 붙잡은 악마의 음성이 들렸다.

"눈을 떠라. 검에 맞지도 않았으면서 벌써 사경을 헤매고 있나?"

"……"

이 음성, 어딘가 친숙했다.

악마보다 더욱 무서운 그런 음성인데…….

나는 눈을 떴다.

"헛! 너는 뻣뻣대마왕? 벌써 지옥에 도착한 건가?"

몸을 부르르 떨었다. 나의 천국. 착한 몸매들이 나를 환영하는 천국이 물 건너갔다. 눈가가 촉촉하게 젖어들기 시작했다.

이 뻣뻣대마왕은 죽어서까지 나를 괴롭히는구나…….

그때 뻣뻣대마왕이 나를 흔들었다.

"정신 차려라."

나는 뻣뻣대마왕의 말을 무시하고 주위를 둘러보았다. 지옥은 용암이 부글부글 끓고 있고 악인들을 고문시키는 곳이라고 생각했는데…….

"숲이네? 그러고 보니 내가 죽은 그 숲이잖아?"

그렇다면 내가 죽은 그곳으로 데려가 정신적인 고문까지 가미하려는 건…….

딱!

그때 손가락을 튕겨낸 딱! 소리가 났다. 딱 소리야 다 딱으로 들리지만 참으로 친숙한 소리였다.

"……!"

정신이 맑아지는 느낌.

그제야 나는 내가 죽은 게 아니란 걸 깨달았다. 옆에 요한이 쓰러져 있었고, 내 복부와 목에는 아무런 검상도 없었다. 여전히 등은 쓰라렸지만 죽을 정도는 아니었다.

"안 죽었네?"

온몸을 확인한 결과 내가 죽지 않았음을 알 수 있었다.

저절로 미소가 지어졌다.

"그럼 그렇지. 내가 죽을 리가 없지. 큭큭큭, 천하의 크리스티안님이 악마 따위한테 죽을 리가 없어. 크흐흐."

웃음을 참을 수가 없었다.

"……."

하지만 뻣뻣대마왕의 '아이스 빔'을 받자 저절로 웃음이 그쳤다.

그때 나는 뻣뻣대마왕의 옆에 다른 누군가가 서 있다는 걸 깨달았다. 그냥 단순히 '다른 누군가'가 아니었다. 어딘가 친숙했다. 대충 깎은 수염, 그리고 군살이 조금도 없는 얼굴에서 느껴지는 카리스마!

"넌, 악마!"

딱 소리를 들었을 때 알았어야 했다.

"……."

나는 잠시 생각에 빠졌다. 만약에 저놈이 악마라면 요한은 뭐지? 분명히 요한이 나를 공격했고, 그가 악마라는 걸 자백까지는 아니더라도 시인은 했다. 빌어먹을, 비명 소리가 좋다고 했던가.

뼛뼛대마왕과 악마 후보는 나를 멍하니 쳐다봤다. 뼛뼛대마왕의 예리한 눈빛과 악마 후보의 강렬한 눈빛은 묵묵히 받아내기 힘들었다.

그때 뼛뼛대마왕이 입을 열었다.

"이분은 요하네스의 교장님이시다."

"……."

나는 조금 색다른 충격을 받았다. 우주가 내 머릿속에서 재탄생하는 느낌이라고나 할까?

나는 덜덜 떨리는 손으로 악마 후보 교장을 가리켰다.

"그러니까, 이 학교의 교장이 악마라고?!"

정말 충격적이었다. 사실 요하네스는 보통 검술 기관이 아닌 마신의 추종자들이 세운 학교로써, 후에 마신의 명령을 받

들 종들을 양성하는, 엄청나게 극악무도하고 사악한 학교라
는…….

"악마?"

뻣뻣대마왕이 영문을 모르겠다는 얼굴로 말했다.

시도는 좋았지만 나는 안 속아 넘어간다.

"어디서 오리발을 내밀어! 내가 저 악마를 현장에서 목격
했다고! 시체 주위에 있던 것도 봤고, 그 다음에는 나를 공격
했어! 완전히 악마야, 악마! 어떻게 신입생들을 이렇게 죽여?
마신에게 바칠 제물이 부족했냐?!"

아직 요한과 악마 후보 교장의 관계를 엮지는 못했지만, 분
명히 어딘가 공통된 연결고리가 있을 것이다. 확실하다.

"……."

나를 멍하니 바라보는 뻣뻣대마왕과 악마 후보 교장을 보
며 왠지 바보가 되어가고 있다는 느낌이 들었다. 내가 한 이
야기가 조금도 맞지 않은 느낌일까? 정말 내가 생사람을 잡고
있는 거라면 얼마나 어이없고 황당할까?

"……."

일단 그 부분은 생각하지 않기로 했다. 내 눈과 기억은 정
확했다. 악마 후보 교장처럼 눈에 띄는 외모를 쉽게 잊을 수
도 없었다.

뻣뻣대마왕은 여전히 나를 한심하다는 눈빛으로 바라보며

말했다.

"이 일이 벌어지자마자 교장님이 손을 쓰기 시작하셨다. 너는 그 과정에서 교장님을 뵌 것이겠지. 그리고 너도 이미 알겠지만, 이 일은 요한의 정신적인 질환에 의해 벌어진 참극이다."

나는 상황을 정리했다. 내가 현장에 들이닥쳤을 때는 이미 요한이 떠난 상태였고, 그때 추적을 하고 있던 악마 후보 교장이 허탕을 친 그 상황이라는 건가?

나는 그럴 수도 있다는 생각에 묵묵히 고개를 끄덕였다. 모든 퍼즐 조각이 맞아 들어간다고나 할까? 정말 **뻣뻣대마왕**의 말이 사실이라면…….

'교장에게 새로운 별명이 필요하겠는데?'

더 이상 악마 후보가 아니니까…….

나는 머리를 절레절레 흔들었다.

맞지 않은 퍼즐이 한 조각 남았다.

"저 사람이 날 공격했어! 그럼 그건 어떻게 설명할 거냐?!"

음모의 냄새가 모락모락 피어오른다.

나는 뻣뻣대마왕의 난처한 얼굴을 보게 되었다.

"……."

이런 날이 내게 올 줄은 몰랐는데, 정말 그 시건방지게도 당당한 뻣뻣대마왕이 난처해하고 있었다.

‘음모!’

사실은 내 추리가 너무도 정확하고, 아버지가 마신을 죽인 용사의 후예로서 내가 이놈들을 처단하라고 보낸 인류의 마지막 희망!

“…….”

퍽!

나는 내 머리를 한 대 때렸다. 요한뿐만 아니라 나도 독특한 정신적인 질환을 앓고 있는 게 아닌가 싶다.

뺏뺏대마왕은 ‘별명 미정’ 교장의 눈치를 살피더니 입을 열었다.

“요한을 추적하는 건 어려운 일이었다. 유난히 넓은 숲에서의 추적이 힘겨워지고 있는 가운데 새로운 작전이 필요했다. 이미 다른 신입생들을 모두 대피시켰기 때문에 쓸 수 있었던 작전이다.”

“…….”

아직 그렇게 중요한 말이 나오지도 않았는데 불안감이 드는 건 어쩔 수 없었다.

뺏뺏대마왕이 저토록 조심스럽게 말하는 것을 본 적이 없었다.

“정신적인 질환이 적당한 자극으로 극대화된 요한은 여전히 다음 제물이 필요했다. 하지만 다른 신입생들을 찾기 어려워졌지. 우리는 더 이상 요한을 추적하기보다는 요한을 우리 쪽으로 다가오게 할 작전을 세웠다.”

“…….”

이제는 중요한 말이 나왔다.

“그러니까 나를 미끼로 썼다는 거냐, 지금?”

뺏뺏대마왕은 묵묵히 고개를 끄덕였다.

어떻게 나처럼 귀한 사람을 미끼로 쓸 수 있었느냐는 의문보다 먼저 떠오른 게 있었다.

“나를 미끼로 썼으면 이 근처에 있었다는 거네?”

“요한은 선천적으로 동물적인 감각을 지녔기 때문에 조금 멀리 떨어져 있었다.”

“그렇지만 금방 도착할 수 있는 거리에 있었겠지.”

내 말에 뺏뺏대마왕의 눈빛이 미묘하게 변했다.

그의 표정을 음미하며 말을 이었다.

“그런데 요한이 나타나자마자 곧바로 잡아채기는커녕, 나를 향해 검을 휘두르는 장면까지 보고도 지켜만 보고 있었지. 틀려?”

“…….”

뺏뺏대마왕은 아무 말도 하지 않았다.

무언이 긍정을 뜻한다는 건 누구나 알고 있는 사실이다.

“도대체 왜 기다린 거지? 내가 죽는 걸 기다린 거냐?”

위험했던 상황이 많았다. 특히 맨 처음 기습당했을 때, 그리고 그 이후에도 두 차례나 죽을 뻔했다. 재수가 나빴으면 이미 죽었을 것이다.

뻣뻣대마왕은 망설이지 않고 답했다.

"너의 수련 성과를 보기 위해서 조금 기다렸다. 내가 수련한 과정을 제대로 이수했다면 그렇게 문제가 되지 않았겠지. 하지만 정말 형편없더군."

"……."

분명히 칼을 쥐고 있던 건 나인데, 눈 깜짝할 사이에 뻣뻣대마왕이 날 공격하고 있었다.

"그러니까 그 기다리는 동안에 내가 죽으면 어쩔 수 없는 일이었네?"

고개를 끄덕이는 데 전혀 망설이지 않는 뻣뻣대마왕의 모습에 그만 입이 쫙 벌어졌다.

털썩!

나는 주저앉았다. 등의 상처 때문인지는 몰라도 서 있기가 힘들었다.

내가 앉자 뻣뻣대마왕이 어느새 뒤로 와서 치료를 하기 시작했다.

참으로 복잡하고도 긴 하루였다.

요한.

그의 천사 같은 얼굴이 아직도 머릿속에서 아른거린다. 시간이 조금 지나자 그의 얼굴에 악마의 형상이 덧씌워졌다.

어떻게 똑같은 사람이 그런 이중성을 지닐 수 있는지 의문이 생겼다.

"궁금한가?"

지금까지 조용히 서 있던 '별명 미정' 교장이 담배를 한 개비 꺼내면서 물었다.

"……?"

갑자기 뜬금없이 무슨 말을 하는 건지 궁금했다.

치이이익!

정말 익숙한 손길로 단번에 성냥불을 붙이는 놈이었다.

"후우! 요한의 이중성에 대해 의문을 갖고 있던 게 아닌가?"

담배 피는 모습이 참으로 멋있다는 생… 각을 하기보다는,

"어떻게 알았어?"

마치 내 생각을 읽은 것처럼 너무도 확신하는 '별명 미정' 교장이었다. 그의 녹색 눈이 나를 꿰뚫고 있다는 느낌이 들었다.

"얼굴에 다 쓰여 있다. 후우!"

잠자코 골초―확정―교장의 말을 듣고 있으면 뺏뺏대마왕과 어조가 비슷하다는 걸 알 수 있었다. 그리고 태도도 정말

시건방지다.

왠지 바보 취급을 받는 것 같아 얼굴이 붉어졌다.

"나도 알아. 그 악마 놈은 비명 소리 듣는 게 좋다고 했어. 정신병이지. 그리고 아마 그 천사 같은 얼굴은 놈의 추악한 내면을 가리기 위한 가면일 테고……. 내가 너한테 직접 묻지 않는 한 아는 척하지 마."

교장에게 너무 심하게 말한 게 아닌가 싶었다. 내가 좀 막 나가는 경향이 있기는 하지만 그래도 명색이 교장인데……. 요하네스의 교장은 귀족 사회 내에서도 꽤나 영향력이 있다고 들었는데, 너무한 감이 없지 않나 싶었다.

사실 나는 교장에 대한 기대를 조금 했었다. 발레키가 일전에 '크리스티안님에게 기대가 있다'고 말한 적이 있고 해서 나의 가치를 아는 그런 놈인 줄 알았다.

하지만 놈은 나에게 완전히 하대를 하고 있었다. 가르치려 들고…….

마음에 안 든다.

놈의 입술이 한쪽으로 말려 올라갔다. 가소롭다는 듯한 미소였다. 하지만 열 받기보다는 당연하게 느껴졌다. 정말 요사스러운 분위기의 사람이었다.

"틀렸다."

"……."

사실 '죽고 싶나?', '건방지군' 등 뭐, 이런 식의 대꾸가 어울리는 교장이었다. 윤곽이 뚜렷한 탄탄한 근육질과 카리스마가 넘치는 외모에 나도 모르게 위축되었다.

"모든 일에는 원인과 결과가 있다. 그만한 이유가 있었기 때문에 내가 널 기절시켰다. 원인, 그리고 결과. 사람의 행동은 그렇게 두 분류로 나눌 수 있다."

"……."

하필이면 나를 기절시킨 일을 예로 들다니……. 그가 언급하니까 떠오르는 건데, 나는 아직도 그가 나를 어떻게 기절시켰는지 이해할 수 없었다. 하지만 그보다 더 큰 의문이 그 의문을 잠재웠다.

'요한의 광기에 대한 원인은?'

내가 이해할 수 있는 부분이 아니었다. 남의 비명 소리에서 쾌락을 얻는다라……. 나도 들어봤지만 그 비명 소리는 쾌락의 근처에도 데려다 주지 못했다. 오히려 그 반대면 모를까.

"후우! 일단 원인에 들어가기 전에 한 가지 물어보고 싶군. 사람을 죽여봤나?"

나는 고개를 저었다.

'왜 갑자기 그런 질문을 해!' 라는 말이 속에서 메아리쳤지만 이상하게 딴죽을 걸고 싶지 않았다. 놈은 사람을 집중시키는 묘한 능력이 있었다.

"나는 많은 사람을 죽였다. 손가락으로 셀 수 없을 정도로 많은 사람을 죽였어. 나는 그들을 죽이면서 쾌락을 느낄까, 아니면 죄책감에 시달려 평생을 괴로워할까?"

놈은 다시 한 번 담배 연기를 길게 내뱉었다. 심경이 복잡한 얼굴이었다.

"사람을 셀 수도 없이 많이 죽였다면 이제는 무감해졌겠지. 더 이상 죄책감도 없을 테고. 어쩌면 이제는 살인이 재밌어졌을지도 모르지. 살인귀가 되어서……."

나는 턱을 괴며 나의 추리에 감탄했다. 경험해 본 적이 없는 구역이었지만 꽤나 신빙성이 있었다.

그때 그가 피식 웃었다.

비웃음으로밖에 안 들렸다.

"살인귀라……. 큭. 나는 아직도 내가 처음 죽인 놈의 얼굴을 기억하고 있다. 마지막 순간, 놈의 표정도 아직 생생하다. 그는 매일 단 하루도 잊지 않고 나를 괴롭힌다. 그놈은 물론 내가 여태까지 죽인 모든 놈들을 기억하고 있다. 심지어는 얼굴도 안 보고 죽인 놈들까지 얼굴 없는 귀신으로 찾아와서 괴롭히지."

마음이 무거워진다.

"사람의 생명을 앗아갈 때는 평생 그것에 시달릴 각오를 해야 한다. 살인귀는 그 무게를 이겨내지 못해서 미친 사람이다. 단 한 사람을 죽여도 그 후유증을 극복해 내는 건 몇 년이 걸릴 수도 있다. 아니, 결국 못 견뎌내는 경우도 흔하지. 이런 게 살인이다.”

“…….”

놈의 말은 내 가슴속 깊은 곳의 무엇인가를 건드렸다. 뿐만 아니라 어깨를 짓누르는 무게도 느껴졌다.

살인.

그렇게 끔찍한 게 살인이라면 왜 사람은 살인을 저지를까?

머리가 복잡해졌다.

“그렇다면 요한의 이유는? 평생 자신을 괴롭힐 업보를 직접 만드는 이유는? 감히 상상이 가나?”

“…….”

아무 말도 할 수 없었다.

골초 교장의 이야기를 듣고 있으면 살인당한 사람이 불쌍한 건지, 아니면 살인자가 불쌍한 건지 헷갈린다.

“나는 그의 마음을 읽을 수 있었다. 굳이 가까이 가지 않아도 그 강렬한 느낌은 어디에서도 느껴졌지. 그는 독으로 독을 제압하고 있었다.”

“……?”

독은 해독약으로 치료한다. 독을 먹은 상태에서 또 독을 먹으면 더 빨리 죽을 뿐이다.

"고통을 완화하는 여러 방법이 있지만, 극단적인 경우에는 다른 곳에 상처를 내는 방법이 있다. 상처를 내면 아드레날린이 분비되어 고통이 조금 완화되기도 하지만, 고통이 새로운 상처로 옮겨가기 때문에 덜 아프기도 하지."

이해할 수 있을 것 같기도 했고, 여전히 난해하기도 했다.

"요한은 이 요하네스에 들어오기 이전에 이런 정신적인 충격을 얻었다. 그리고 극단적인 방법으로 그 고통을 완화하는 방법을 쓰고 있었겠지. 요하네스에 들어오고 나서는 아마 적응하는 데 심력이 쏠려 수면 아래에 있는 욕구를 충족시킬 필요가 없었겠지만, 시간이 지나면서 그 질환은 점점 커졌을 거다. 그리고 상황과 시기가 맞아떨어져 이런 참극이 벌어진 것이고."

골초 교장은 다시 '후우' 하며 담배 연기를 잔뜩 내뱉었다.

"어떻게 그렇게 잘 알 수 있지?"

저런 문제는 자기 자신이 아니고는 절대 이해할 수 없는 부분이다.

누가 보더라도 단순히 미친 살인귀에 지나지 않았다. 나도 골초 교장의 이야기를 전부 알아들을 수 없었다. 반쯤은 요한이 미친놈이라고 생각하고 있다.

그래도 골초 교장의 이야기를 듣기 전보다는 요한에 대한 생각이 조금 바뀌어져 있으니, 남을 이해시키는 독특한 재주가 있는 교장이었다.

"모든 무덤에는 눈물나는 사정이 있기 마련이지."

이 골초 교장은 정말 비유하기를 좋아했다. 안 그래도 머리 아파 죽겠는데…….

10

대회는 흐지부지 끝났다. 결국 그 보물의 정체는 그냥 묻혔다. 사실 대회가 대충 끝나 불만을 가진 사람은 없었다. 모두가 침울해 보였다.

요한에게 희생당한 세 명에 대한 간단한 추모식 이후 그 분위기가 조금 가셨지만, 요한이 남기고 간 상처는 너무도 깊었다.

'요한.'

요한도 이 일의 피해자라는 느낌이 크게 들었다. 만약 그의 천사 같은 얼굴이 가면이 아니라면, 그런 좋은 사람이 악마와 같은 얼굴을 갖게 되려면 도대체 어떤 일을 경험해야 하는 걸까?

얼마나 심했던 일이기에 끔찍한 살인을 통해 그 고통을 완화하려 했을까?

상상조차 할 수 없었다.

"휴우!"

나는 임시 기숙사에서의 마지막 밤을 보내며 잠을 이룰 수 없었다.

물론 절대로 이 임시 기숙사가 그리워서가 아니었다. 공통 과정인 3개월을 보내면서 뭔가 성장한 느낌이었다. 육체적으로도 정신적으로도……

이 요하네스, 생각만큼 끔찍한 곳은 아닌 모양이다.

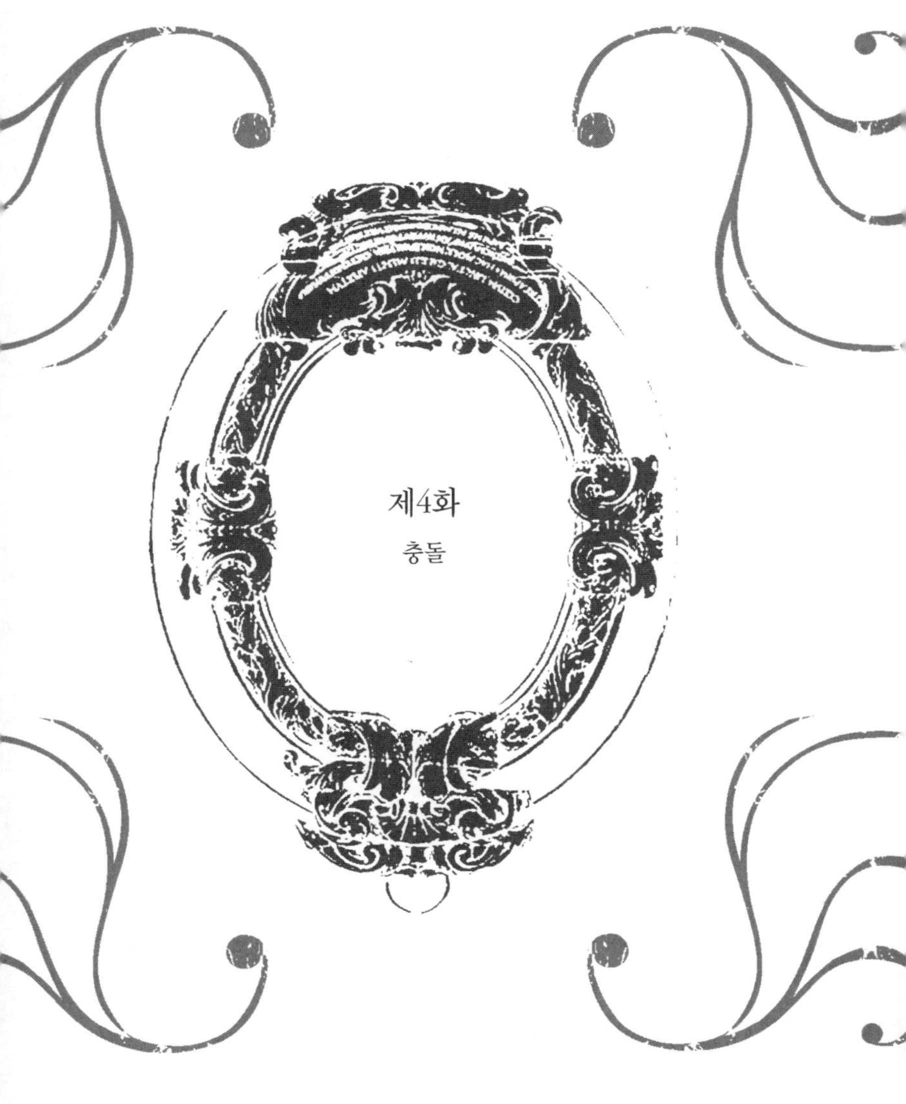

제4화

충돌

"……!"

나는 왼쪽을 바라보면서 입을 다물 수 없었다.

"……!"

오른쪽도 마찬가지였다.

나는 두 눈을 비벼가며 내 볼 살을 꼬집어보면서 내가 지금 환상을 보고 있는 건 아닌지, 꿈을 꾸고 있는 건 아닌지 확인해야 했다.

임시 기숙사와 허름한 식당만 신입생에게 허락되는 곳이라 몰랐는데…….

"여기, 죽이잖아!"

밟는 느낌을 봐서 바닥에 깔린 카펫은 오래되기는 했지만 쉽게 찾아볼 수 없는 고급이었다. 뿐만 아니라 벽에 걸린 유화들은 왠지 모를 깊이가 느껴졌다.

완전히 궁전이었다. 세련된 미는 없었지만 기품은 살아 있었다.

지금 일주일은 신입생들에게 있어 가장 한가한 시간이었다. 공통 과정을 이수했기 때문에 다음 과정으로 넘어가야 하는데, 어떤 과정을 고를지에 대한 선택권은 신입생들에게 있었다.

앞으로의 9년 9개월에 큰 영향을 끼치는 선택이기에 일주일간 신중하게 생각하고 이것저것 살필 시간을 주는 것이었다.

물론 그건 변명이었다.

나는 알고 있었다.

뻣뻣대마왕이 신입생을 모아놓고 한 말을 잊을 수가 없었다.

"신중하게 결정을 해라. 미래가 걸린 일이다. 바알(Baal), 주몬(Zumon), 사이(Xai)는 집중적으로 수련하는 검술의 분야 자체가 다르다. 물론 기숙사 환경, 선배, 이수 과목들 역시 크게 다르다. 일주일간 고민해라. 5일 후부터 수강 신청 접수가 시작된다.
그럼 잘 쉬도록.”

난 뻣뻣대마왕의 말에서 빈틈을 찾을 수 있었다. 뻣뻣대마
왕은 절대로 잘 쉬라는 말을 하지 않는다. 만일 할 때면 그 다
음날에 기다리는 지옥 훈련을 몸이 가장 싱싱한(?) 상태에서
치르기 위해 하는 말이다.
놈이 잘 쉬라는 건 ‘앞으로는 쉴 날이 없을 거니까’ 라는 말
을 빼놓고 한 것이다.
“젠장.”
다음 주에 벌어질 끔찍한 일들에 대해서는 생각하지 않기
로 했다. 다음 주가 걱정되어 지금의 휴식을 제대로 취하지
않으면 그건 결국 내 손해다.
이 큰 성은 많은 부분에서 고대의 양식을 따르고 있었지만,
층수는 근대 양식의 것보다 훨씬 많았다. 요하네스의 높이와
각 층의 높이를 고려해서 계산해 보면 적어도 7층까지 있다.
신입생들은 물론 꽤나 많은 상급생들은 5층까지의 출입만 가
능해 나머지 부분에 대해서 모르는 게 많았지만, 무엇인가 특
별한 곳이라는 것쯤은 예측할 수 있었다.
기숙사는 각 계열에 따라 장소가 다르다. 신입생에게는 각
계열의 기숙사 로비의 출입은 허용되었지만, 원래 다른 계열

의 학생은 다른 기숙사의 복도조차도 출입이 엄금되어 있었다.

난 아직 그 어떤 계열의 기숙사에도 가보지 않았다. 결국에는 한 가지의 계열을 골라야 했지만, 각 계열에서 자기들이 얼마나 잘났는지, 남들은 얼마나 못났는지에 대한 정보는 듣고 싶지 않았다.

객관적인 지식이 필요하다고 할까?

평민들은 자기들에게 잘해주는 계열에 들 게 분명했지만, 나는 조금 더 많은 부분을 따져 봐야 했다. 얼마나 편한지, 계열 간의 세력 다툼에 있어 현재의 입지와 미래에 대해 관망해 보아야 했다.

물론 혼자서 다리 아프게 돌아다니며 정보를 수집할 생각은 아니었다.

만약 그 방대한 정보를 나 혼자서 얻으려면 이 일주일의 휴식은 휴식이 아니라 지옥 훈련의 연장선으로 볼 수 있었다.

물론 뺏뺏대마왕이 그런 걸 원하고 있는 것이겠지만, 나는 머리가 좋은 편이었다.

'오는군.'

요하네스에서는 모든 학생들이 교류할 수 있는 큰 로비를 따로 두었다. 나는 그곳에서 그들을 기다리고 있었다.

그들은 모두 비슷한 시각에 돌아왔다.

"다 적어왔어!"

넓적얼굴은 자신이 자랑스럽다는 듯이 가슴을 쾅쾅 치며 의자를 하나 잡아 끌어와 앉았다. 물론 넓적얼굴의 옆에는 뱁새눈이 항상 같이 딱 달라붙어 있었다.

곧이어 깐깐안경이 상기된 얼굴로 책상으로 달려왔다. 항상 싸늘한 한기를 내뿜는 그녀가 신이 난 얼굴을 하는 건 뻣뻣대마왕의 가르침 하에 검술을 수련할 때뿐이었는데, 그 계열에서 어떤 수련을 하는지 설명만 들어도 저런 표정을 짓는 걸 보면…….

나는 고개를 절레절레 흔들었다.

어째 뻣뻣대마왕의 지옥 탐방 3개월은 '지옥 입문' 에 지나지 않을지도 모른다는 불길한 생각이 들었다.

"완료."

단어 한 마디만을 말했지만 그녀가 얼마나 흥분했는지 알 수 있었다.

넓적얼굴이랑 깐깐안경이 왔으니까 한 명이 남았는데…….

쿵쿵!

거칠게 걸어오며 우리 책상으로 다가오는 건 아직도 코의 붕대를 풀지 않은 주먹코였다. 덩치만으로는 신입생뿐만 아니라 다른 상급생들보다도 앞섰다.

주먹코는 간단하게 고개를 끄덕임으로써 그 역시 임무를 완수했다는 뜻을 표했다.

"좋아, 이제 정보를 모두 나한테 넘겨."

나는 그들이 적은 메모를 받으며 흡족한 미소를 지었다. 이렇게 역할 분담을 하면 정보 수집이 편할 수밖에 없다. 특히 내가 감독하는 자리에 있을 때는 더욱.

내 흡족한 미소는 곧 지워질 수밖에 없었다.

"이게 뭐야?"

나는 넓적얼굴과 주먹코의 메모를 보면서 도대체 이것들을 어떻게 처리해야 하나 궁금해졌다.

넓적얼굴의 글씨는 정말 지렁이가 기어가는 형상이었다. 한 단어를 읽는 데 이마에 식은땀이 흐르고, 두뇌는 파열되어 버릴 것 같다.

그리고 주먹코의 메모는…….

"이건 글씨야, 그림이야?"

주먹코의 메모는 조금도 읽을 수가 없었다.

이 모든 일을 완벽하게 계획했다고 생각했건만……. 넓적얼굴과 주먹코의 언어 능력을 너무 과대평가했다. 그들은 이제 갓 3개월간 글쓰기를 배웠으니 이 정도 한 것도 참 용했다.

"그냥 너희가 들은 걸 나한테 말해봐. 내가 새로 적는다,

진짜."

나는 글씨를 우아하고 아름답게 쓸 수 있었다. 사실 내가 유일하게 잘할 수 있는 일이 바로 글쓰기였다. 그 무뚝뚝한 아버지 역시 내 글씨만큼은 칭찬하셨다.

"넓적얼굴, 너 먼저."

일을 제대로 하려면 자기가 직접 나서야 한다는 말을 왜 흘려들었는지 모르겠다.

넓적얼굴은 굉장히 미안한 얼굴로 입을 열었다.

"바알(Baal)은 어둠의 검사야. 혼돈의 시대에 검술의 최고봉이었지. 그는 육체적인 비율의 완벽함에서 나오는 파괴력을 집중적으로 수련했어. 그 파괴력에 어둠의 속성을 부여해 신에 준하는 힘을 냈지. 바알의 계열에서는 근력을 기점으로 파괴력, 그리고 어둠에 대한 완벽한 이해를 중점적으로 수련해."

근력을 중점적으로 수련한다는 건, 무식하게 무거운 것들을 매일 토가 나올 정도로 든다는 말이겠지. 나는 고개를 절레절레 흔들며 그 모든 걸 받아 적었다.

"주먹코."

그는 조금 불만스러운 얼굴이었다. 그렇지만 자신의 부족함에 의해 생기는 수고스러움이라는 걸 아는지 불만을 표하지는 않았다.

"사이(Xai)는 빛 속성의 검사였다. 바알 전대의 검사였고, 쾌속함에 중점을 두었다고 할 수 있지. 그녀의 현란한 스텝과 아차 하는 시간에 목을 꿰는 쾌검으로 대륙을 평정했다. 여검 사로서는 엄청난 업적이었다. 당연히 사이의 계열에서는 속 력을, 그리고 빛에 대한 완벽한 이해를 수련한다."

속력을 중점적으로 수련한다는 건 발정난 개마냥 이리저 리 뛰어다니는 걸 폐에 구멍이 날 때까지 한다는 뜻이겠지.

나는 고개를 세차게 저으며 그 모든 내용을 받아 적었다.

"깐깐안경?"

깐깐안경의 메모는 군더더기가 없었지만, 그녀가 말을 하 다 보면 빠뜨린 게 생각날지도 모른다.

"주몬(Zumon)은 무속성의 검사야. 평화의 시대를 이룩해 낸 유일한 검사이며, 이후 그가 살아 있는 동안은 그 어떤 불 화도 없었어. 그는 완숙된 검술의 소유자였다. 감각과 직감을 극한으로 수련해. 그러니까 경험, 오로지 경험을 통해 완벽한 기술을 수련해. 그리고 마음을 비워 모든 걸 담아낼 수 있는 그릇을 만들어. 이게 주몬에서 배우는 것들이야."

나는 머리를 긁적였다.

경험을 키운다는 건 조금 난해했다. 단순하게 보면 죽어라 대련을 하고 검을 휘두른다고 볼 수도 있었지만, 사람마다 경 험을 쌓는 속도가 다르다. 나처럼 직감과 감각이 뛰어난 사람이라면 꽤나 빠르게 과정을 이수해 나갈 수도 있다.

'호오.'

토 나올 때까지 무거운 걸 들거나, 발정난 개마냥 이리저리 뛰어다녀 몸을 혹사하는 건 내가 생각하는 이상적인 9년 9개월이 아니었다.

"자, 모든 정보는 입수되었어. 다 들었으니까 어느 곳에 지원할지 대충 생각했겠지?"

이런 건 오래 고민할 거리가 아니었다.

나의 천재성을 고려해 보면 분명히 경험을 금방 쌓을 수 있을 것이다.

나는 감각과 직감이 과정을 이수하는 데 크게 도움이 되는 주몬에 지원할 것이다.

넓적얼굴은 크게 고민하는 얼굴이 아니었다.

"나는 사이. 달리기는 자신있거든. 게다가 나는 기본적으로 힘이 조금 받쳐 주니까 검에 속도만 붙으면 괜찮지 않을까?"

넓적얼굴이 이렇게 확신에 차 있는 모습을 본 적이 없었다. 항상 조금 소심한 부분이 있고 조심스러워하는 경우가 많았는데, 이 선택에 있어서는 강하게 나왔다.

뱁새눈에게는 물어볼 것도 없었다. 놈은 넓적얼굴과 마찬가지였다.

“흐음, 아무래도 나에게는 바알이 맞겠군.”

“…….”

주먹코에게는 더 이상의 부연 설명이 필요없었다. 사실 근력에 있어 넓적얼굴에는 못 미치지만, 그래도 놈의 몸을 보면 잠재력이 무궁무진했다.

나는 깐깐안경을 쳐다봤다. 그녀는 잠시 머뭇거리는 모습이었다.

“사이.”

그녀가 내 눈치를 살피는 이유는 모르겠지만 어쨌든 느낌이 묘했다.

나는 고개를 묵묵히 끄덕였다.

“휴우, 그럼 가볼까?”

눈앞의 평민들과 다른 계열이라는 게 조금 걸렸다. 그래도 아는 얼굴 한두 명 있으면 조금은 더 편할 텐데…….

나는 고개를 절레절레 흔들었다.

평민을 그리워하는 일 따위는 없을 것이다.

2

주몬의 기숙사는 5층의 웨스트 윙이었다. 기숙사로 이르는 복도는 으슥했다. 기숙사의 입구에 위치한 횃불을 제외하고는 불빛이 없었다.

복도는 꽤 길었는데, 문까지 약 일곱 개의 동상이 있었다. 그것도 상당히 기괴하게 생긴 것들. 고대 서적에 나오는 몬스터의 형상을 따놓은 모양이었다.

은은한 빛을 받아서인지 살아 있다는 느낌이 들기도 했다.

문 앞을 두 명이 지키고 서 있었다. 한 명은 비쩍 마르고 키만 큰 볼품없는 녀석이었고, 다른 한 명은 나이에 안 맞게 수염을 잔뜩 기른 땅딸보였다. 어떻게 보면 환상의 콤비인지도 몰랐다.

"목적은?"

지극히 사무적인 어조로 땅딸보가 물었다.

나는 그를 조용히 내려다봤다. 어떻게 인간이 이렇게까지 작을 수가 있을까? 가슴팍에도 못 미친다.

"등록."

놈의 건방진 태도를 지적할까 하다가 상대가 상급생임을 떠올렸다. 상급생은 조금 껄끄럽다. 조금 알게 되면 모를까, 상대에 대해서 전혀 모르는 지금은 작전상 한발 물러설 수밖에 없다.

그때 땅딸보의 고개가 살짝 비틀어졌다. 그의 눈을 보니까 언짢은 기색이 역력했다.

땅딸보가 가까이 다가오기 시작했다. 그러자 그 옆에 선 껑다리가 놈을 제지했다.

"신입생이다. 문제 만들지 마."

그렇게 말하는 껑다리의 눈에도 이채가 스쳐 지나갔다.

땅딸보는 한숨을 쉬면서 기숙사의 문을 열었다. 그리곤 들어가라고 눈치를 주었는데, '두고 보자'라는 게 눈에 쓰여 있었다.

'피곤하겠군.'

기숙사 안은 밝았다. 중앙의 벽난로가 그 역할을 톡톡히 해내고 있었다. 벽난로를 중심으로 편한 자리가 마련되어 있었고, 그 근처에 얼굴이 익은 신입생이 몇몇 보였다.

여기가 로비인 모양이다.

"무슨 일로 왔어?"

긴 황갈색 머리의 여자가 다가왔다. 유난히 눈과 눈 사이의 길이가 짧았다. 그 이외의 이목구비와 몸매는 칭찬해 줄 만한데 안타까웠다.

"등록을 좀 하려고."

"아, 등록? 이 계열에서는 뭘 배우는지 안 들어도 돼?"

그녀의 가식적인 친절함에 점점 짜증이 치민다. 그녀가 아까의 땅딸보처럼 사무적이었어도 나는 이곳에 등록했을 것이다.

신입생 유치가 얼마나 치열한지 조금은 알 수 있을 것 같았다.

쏠린 눈은 나를 구석에 자리한 긴 책상의 앞에 데려다 주었다. 네 명이 반대편에 앉아 서류를 작성해 주고 있었고, 그 앞에는 긴 줄이 있었다.

3개월간의 공통 과정을 무사히 끝내고 다음 과정을 이수하기를 희망하는 사람이 약 600명이라고 했으니까, 적어도 한 계열에 200명은 등록할 것이다.

그래서인지 첫날임에도 불구하고 줄이 상당히 길었다.

"휴우!"

그나마 줄이 네 개여서 20여 분을 기다리고 나서 나는 담당자 앞에 설 수 있었다.

"이름이 뭐지?"

멀리서 볼 때는 몰랐는데 단정한 짧은 녹색 머리의 사내는 크로우의 표식을 가슴에 달고 있었다. 그 이외에도 흰색의 독수리 모양의 표식까지 달고 있었다.

"이글 배지를 처음 보겠군."

나는 그제야 사내의 얼굴을 쳐다봤다. 이마가 조금 넓은 것만 빼고는 전체적으로 호감형이었다. 입에는 항상 미소가 걸려 있는 듯싶었고, 갸름한 턱은 꽤나 인상적이었다. 평민치고는 꽤나 귀티가 나는 인물이었다.

"각 계열에는 그 계열에서 벌어지는 일을 관리하는 총책임자가 있다. 5단계 검술을 익히는 졸업반은 주로 외부에서 수련하여 바쁘기 때문에 우리 4단계 검술을 수련하는 학생 중에서 그 임무를 맡을 자를 뽑는다. 남자 대표, 여자 대표, 이렇게 두 명. 내 이름은 쿠삭이다. 주몬의 남자 대표이지."

놈이 손을 내밀었다.

나는 곰곰이 생각을 해야 했다.

과연 평민과 악수를 나눠야 하는지 말아야 하는지.

결국 나는 억지로 악수를 했다. 남자 대표에게 찍히면 이 생활이 절대로 순탄하지 않을 것이다.

"이제 서류 작업을 끝마쳐 볼까? 이름은?"

마빡대표―어느새 지어졌음―가 마음에 들었다. 악수를 하면 보통은 아무런 느낌이 없는데, 굳은살이 잔뜩 박힌 그의 손에서는 뭔가가 느껴졌다.

"크리스티안 줄리어스 아신."

"……."

마빡대표가 나를 멍하니 바라봤다.

"……."

나도 그를 멍하니 바라봤다.

그는 한참 동안 넋 놓고 나의 아름다운 얼굴을 음미하더니 크게 외쳤다.

"아신? 그 아신이라고?"

그 목소리가 너무도 커 주위 사람들의 시선이 이쪽으로 쏠렸다.

이제는 마빡대표가 마음에 들지 않았다.

우아한 기품을 조금도 모르는 놈이었다.

"그래! 그러니까 이제 좀 작게 말해!"

이야기를 듣던 나는 잠시 신선한 충격에 휩싸였다. 생각을 하고 보면 마빡대표의 반응은 지극히 상식적이었다. 그리고 그의 눈에 담긴 '존경심'은 내가 항상 원하던 반응이다. 그런데 왜 내가 놈의 반응에 살짝 놀란 것일까?

"……."

그리고 보니 신입생들 중에서 내가 아신이라는 걸 존경하는 눈빛으로 보는 사람이 단 한 명도 없었다. 처음에는 아신이라는 가문의 이름은 유명하지만 평민들이 그 세력이 얼마나 대단한 건지 몰라서 그럴 수도 있다고 생각했다. 게다가 요즘 추세를 보면 나이가 어릴수록 싸가지가 없다고 볼 수 있었다. 이런저런 점이 맞물려서 놈들이 나를 존경하지 않는 거라고 생각했는데…….

이십대 후반과 이십대 초반의 세대 차이가 이렇게 났던가?

주위를 둘러보니 내가 이미 아신 가의 아들이라는 걸 아는 신입생들은 무덤덤하게 넘겼지만, 그 이외의 상급생들은 모두 나에게 눈이 쏠렸다. 그들의 눈빛에는 '존경심'이 담겨 있었다.

'이게 정상인데…….'

입가에 저절로 미소가 지어졌다.

오랫동안 잊고 있었다. 남들이 나를 우러러보는 그러한 느낌을…….

마빡대표가 호들갑을 떨며 나에게 물었다.

"그럼 블랙 나이츠 단장 이반 아신 경과의 관계는 어떻게 되지?"

이반.

오랫동안 듣지 못한 이름이다. 집에서도 아버지를 이반으로 부르는 사람은 없었다. 아신 경. 그게 그의 호칭이었다.

"부자 관계."

마빡대표는 미소를 지운 지 오래였다. 턱이 탈골되지는 않을까 의아할 정도로 크게 벌린 놈을 보니 아버지가 참 여러모로 대단하다는 생각이 들었다.

"정말 그분의 아들이야?"

마빡대표는 시작에 불과했다.

웅성웅성!

어느새 내 주위로 사람들이 몰려들기 시작했고, '우와, 정말 아신 가의 아들이래', '그 아신 경의 아들?', '좀 싸가지없게 생겼는데 핏줄은 좋은가 봐?', '우리 계열에 괜찮은 애가 들어왔네?' 와 같은 말이 주를 이루었다.

"……."

정작 상황이 이렇게 진행되자 당황스럽기 그지없었다.

물론 '내가 정말 그렇게 대단한 인물인가?' 에서 '훗, 나를 알아보는군' 으로 마음이 바뀐 건 금방이었다.

그때 기숙사에 들어오는 인물이 있었다.

"모두 조용하도록."

그렇게 큰 소리도 아니면서 웅성거리는 학생들을 단번에 조용하게 만들 수 있는 유일한 인물, 검은 망토 애용자 뻣뻣대마왕이었다.

"쿠삭, 무슨 일이지?"

뻣뻣대마왕의 물음을 받고 나서야 쿠삭은 제정신을 차렸다.

"예, 아신 가의 인물이 저희 학교에 입학했다는 사실이 조금 놀라웠습니다. 그뿐입니다. 신입생을 받는 데는 아직 아무런 차질도 없습니다."

"……."

나는 뻣뻣대마왕과 쿠삭의 대화를 들으면서 아주 불안한 느낌이 들었다. 왠지 내가 계열을 잘못 선택한 느낌이라고나 할까?

"크리스, 주몬에 등록했나?"

뻣뻣대마왕의 질문에 묵묵히 고개를 끄덕였다. 아직도 무엇이 잘못된 건지 찾을 수 없었다.

"쿠삭, 등록에 어떤 차질도 없게 해라. 그럼 수고하도록."

뻣뻣대마왕이 기숙사를 나갔는 데도 이 불안감을 떨칠 수 없었다.

어쩌면 이제는 그다지 볼일이 없다고 생각한 뻣뻣대마왕이 다시 나타났기 때문에 불안에 떠는 것일지도 모른다고 생각했다.

뻣뻣대마왕은 공통 3개월 과정의 총책임자였기에 그 과정이 끝나면 나와는 별 관련이 없을 거라고 생각했고, 그랬기 때문에 그와의 3개월을 무사히 마칠 수 있었다.

그런데 갑자기 또 나타나서 불안한 것이라고 나는 확신했다.

웅성웅성!

뻣뻣대마왕이 나가자 내 주위의 사람들은 다시 떠들기 시작했다. 처음에는 조금 뿌듯했지만, 시간이 지날수록 평민들이 나를 화두로 삼는 게 불쾌하게 느껴지기 시작했다.

그때 마빡대표가 제지에 나섰다.

"부사감님 말씀 들었지? 모두 다시 자기 할 일을 해줘. 크

리스라고 부르면 되나? 크리스, 이 반지는 네가 주몬이라는
걸 증명해. 이 반지가 있어야 주몬 테이블과 기숙사에 들어갈
수 있어. 항상 차고 다니도록 해. 기숙사 배정은 등록을 모두
끝마치는 일주일 후에 하니까 그때까지는 로비에서 쉴 수도
있고, 저기 보면 공동 침실이 있으니까 그곳에서 잘 수도 있
어. 만나서 반가웠어.”

뻣뻣대마왕이 한 번 휩쓸고 가니까 갑자기 모두가 사무적
으로 바뀌었다. 놈의 영향력이 그야말로 막강하다는 사실을
새삼 깨달았다.

“…….”

나는 얼떨결에 받은 흰 독수리가 박힌 반지를 보며 생각을
정리했다.

누군가가 망치로 내 머리를 두드렸는데, 그 이유를 파악해
야 했다. 무엇인가가 생각날 듯 말 듯했다.

“……!”

마침내 생각났다.

나는 어느새 다음 신입생의 등록 신청을 받고 있는 마빡대
표에게 물었다.

“부사감이라는 건 기숙사의 부관리인이라는 거지?”

쿠삭은 고개를 끄덕였다.

불안감은 가슴속에서 작게 피어오르기 시작했다.

"뻣뻣대마… 아니, 저 교수가 단순한 관리인일 리는 없을 테고, 혹시 각 계열의 모든 학생들을 관장하는 책임까지 갖고 있는 건가?"

아니기를 굳게 바라며 물었다.

"똑똑하네. 맞아, 주몬의 부책임자이셔. 무슨 문제가 있을 경우 저 교수님에게 찾아가면 다 해결해 주실 거야."

"……."

이런 건 수집된 정보에 없었잖아!

뻣뻣대마왕이 관리하는 계열인 줄 알았으면 멀찌감치 떨어졌지 이곳에 지원을 왜 해?!

근데 문득 호기심이 생겼다.

뻣뻣대마왕이 부사감이면 사감은 누구?

내 얼굴에서 그 의문을 읽었을까?

쿠삭은 미소를 지으면서 입을 열었다.

"…아니면 발레키 교수님에게 찾아가도 될 거야. 근데 발레키 교수님은 워낙에 두문불출하시는 분이라……."

"……."

나는 심호흡을 했다.

이렇게 쓰러질 수는 없었다.

나는 그래도 마지막 남은 희망이 있었다.

"등록, 취소할 수 있지?"

당연히 있을 것이다. 갑자기 마음이 바뀔 수도 있고, 어떤 충분히 있을 수 있는, 피치 못할 사유에 의해 바꿀 수밖에 없는 이유가 있을 수도 있다.

쿠삭은 미소를 지었다.

"아니."

"왜?"

"등록 취소는 발레키 교수님에게 가서 신청해야 해. 주몬의 규칙이지. 물론 등록을 취소하려는 건 아니겠지? 그건 아주 끔찍한 일이거든."

그의 미소가 소름 끼치게 느껴진다.

"왜?"

"들어오는 건 쉽고 나가는 건 어렵다. 들어올 때는 제 발로 들어오지만 나갈 때는 휠체어를 필요로 할지도 몰라."

"……."

그가 존경의 눈빛과 깨끗한 미소로 나를 대하던 바로 2분 전이 떠올랐다.

그리고 노려보는 눈빛과 섬뜩한 미소로 나를 대하는 지금을 비교했다.

'왜 또 꼬이는 거야?

나의 이상적인 9년 9개월은 절대로 이상적이지만은 않을 것 같아 보였다.

3

　일주일간 주몬의 기숙사에서 지내면서 나는 이 요하네스 학생들의 생활을 조금은 알 수 있었다.

　바알, 주몬, 사이는 단순한 계열이 아니다. 학생을 세 분류로 나누어 서로 경쟁하게 만들어 무한한 시너지를 노린다고나 할까?

　선의의 경쟁을 목적으로 하지만, 내가 보기에는 그 어떤 짓을 불사해서라도 다른 계열보다 우위에 서려는 더럽고 처절한 경쟁인 것 같았다.

　그 예로, 각 계열의 대표가 스쳐 지나갈 때 흐르는 정적은 살벌했다. 같은 학교의 학생인지 궁금해질 정도로 분위기가 나쁠 때도 있었다.

　대표뿐만이 아니라 각 계열의 학생들이 서로 만날 때는 거의 싸움이 날 분위기였다.

　코베가 복도를 순찰하는 이유가 있었다.

　계열을 막론하고 나는 아신 가의 아들이라는 점에서 인기인이 되어 있었다. 그래서인지 살기가 팽팽하게 감도는 분위기 속에서도 나는 다른 계열의 상급생들과도 안면을 익히게 되었다.

나는 주먹코에게 형이 있다는 충격적인 사실을 알게 되었다. 주먹코와 적어도 여덟 살은 차이가 나 보이는데 생긴 건 똑같았다. 주먹코부터 시작해서, 그 믿을 수 없는 2m가 넘는 장신, 내 허벅지보다 굵은 팔뚝. 처음에는 쌍둥이인 줄 알았다.

다만 주먹코의 형은 이마에 큰 상처가 있었다. 흉터가 심하게 남았는데, 놈의 외모에 긍정적인 영향을 끼치지는 않았다.

이름이 안톤이라고 했던가?

이름이랑 외모가 너무도 어울리지 않아서 나는 놈에게 '더 징그러운 주먹코' 라는 별명을 지어줄까 하다가, 별명은 부르기 쉬워야 된다는 나름대로의 가치관을 가지고 있었기 때문에 흉터괴물이라고 부르기로 했다.

흉터주먹코라고 하려다 주먹코와 헷갈릴까 봐 완전히 다른 계열로 바꿨다.

흉터괴물은 바알의 남자 대표였다. 아직도 놈과의 첫 만남을 잊을 수가 없다. 물론 놈과의 첫 만남뿐만 아니라 '그녀' 와의 첫 만남도……

물론 겨우 이틀 전의 일이지만.

쾅!

주몬의 공동 침실 문을 박차고 들어오는 사람이 있었다. 짧게 친 갈색 머리에 주먹코, 그리고 우락부락한 몸에 나는 주먹코를 떠올렸다.

하지만 어딘가 조금 더 삭아 보였다. 나이가 훨씬 들어 보인다고나 할까?

"여기가 어디라고 들어와?! 안 나가?!"

공동 침실의 큰 문을 완전히 가릴 정도로 큰 '정체 불명' 주먹코의 뒤에 꺽다리와 땅딸보의 얼굴이 살짝 보이는 걸 보면 다른 계열의 놈이 쳐들어온 모양이다.

"시끄러."

'정체 불명' 주목코는 그 말과 함께 그들을 밀쳤다.

그러자 놀랍게도 그 살벌한 상급생들은 저 멀리 벽에 처박혔다. 그것도 장난감처럼 너무도 쉽게.

이거 주먹코같이 생기긴 했는데 훨씬 무서운 녀석이었다. 그러고 보면 근육도 빈틈없이 탄탄해 보였다. 저런 근육을 키우는 계열이면 분명 바알…….

나는 입을 쫙 벌릴 수밖에 없었다.

놈은 나를 발견하더니 짐승처럼 단숨에 달려와 나의 멱살을 잡았다. 나의 멱살을 잡은 것뿐인데 숨이 막히며 하늘이 노래지기 시작했다.

"너냐?"

입 냄새는 둘째 치고 놈의 온몸에서 뿜어져 나오는 위압감에 입을 열 수가 없었다.

"우리 머독의 완벽한 코에 흉터를 만든 게 너란 말이다?!"

"……."

나는 멈칫했다.

'머독이 누구지?' 에서 한 번,

'완벽한 코?' 에서 한 번,

그리고 그의 말을 정리하면서 '우리 머독의 완벽한 코'에서 또 한 번,

그리고…….

"네가 주먹코 형이냐?"

주먹코의 얼굴을 보면 그가 얼마나 불쌍한 인생인지 알 수 있었는데, 이 형을 보니까 주먹코도 그렇게 불쌍해 보이지만은 않았다.

그 얼굴에 흉터까지, 완전히 뒷거리를 장악한 건달의 모습이었다.

쾅!

놈은 나를 한 손으로 가볍게 벽에 처박았다.

"큭."

이 형제와의 첫 만남은 항상 이런 식이어야 하는지 궁금했다. 혹시 또 다른 형제가 있나 불안감이 들기도 했다.

"이 자식, 아신 가의 놈이라고 너무 건방진 거 아니야!"

쾅!

벌써 정신이 혼미했다. 이건 힘의 격이 달랐다. 어떻게 발버둥 쳐보지도 못하겠다.

그때였다.

"안톤, 신입생을 눠라."

저녁을 먹으러 갔다가 돌아온 마빡대표였다. 그의 녹색 머리와 갈색 눈은 묘한 조화를 이루었다.

그의 미소는 싹 지워져 있었고, 나를 협박할 때 느꼈던 그런 분위기를 자아내고 있었다.

쾅!

놈은 나를 아무렇게나 던졌다.

"크큭! 이거, 우리 잘나신 제롬이 아니신가? 지금 네가 나한테 명령을 할 때냐?"

흉터괴물은 한 걸음 한 걸음 마빡대표에게 다가가기 시작했다. 걷는 것일 뿐인 데도 상당한 위압감이 묻어 나왔다. 그는 마빡대표와 바짝 닿을 정도의 거리에서 멈췄다.

흉터괴물은 마빡대표를 한참을 내려다봤다. 마빡대표의 굴욕이었다. 마빡대표는 겨우 흉터괴물의 입 부근에 닿을락 말락 했다.

탁탁.

흉터괴물은 마빡대표의 어깨를 탈탈 털어주면서 천천히 말했다.

"이 형이 지금 기분이 상당히 안 좋거든? 그냥 저놈 한 명만 넘겨주면 용서해 줄게. 어때?"

마빡대표의 굳은 얼굴은 조금도 변하지 않았다. 그는 고개를 옆으로 살짝 돌려 그의 어깨 위에 놓여 있는 흉터괴물의 손을 가만히 바라봤다.

'안 치워?'

흉터괴물은 그 뜻을 알아들었는지 손을 주머니 안에 넣었다. 그것도 자연스럽게. 마치 자신이 넣고 싶어서 넣는 것이지 절대로 겁먹어서 그런 게 아니라는 듯이.

"선전포고인가?"

초점이 없는 눈으로 흉터괴물을 노려보는 마빡대표였다. 은근한 카리스마가 느껴졌다.

"뭐, 그것도 좋지."

씨익 웃으며 조금도 물러설 기미를 보이지 않는 흉터괴물이었다.

그렇게 둘은 마주 보고만 있었다.

그런데도 주위를 둘러싼 사람들을 위축시켰다.

이런 게 상급생이란 생각이 들었다.

그때 그 팽팽한 긴장감을 간단하게 끊는 사람이 있었다.

"뭐 하니?"

문 사이로 고개만 빼꼼히 내민 여인이 있었다. 치렁치렁한

금발의 머리에 빠져들 것만 같은 하늘색 눈동자. 특히 이마 선이 예쁘고 눈이 컸다. 착한몸매처럼 엄청난 굴곡의 라인을 가지고 있는 건 아니었지만, 그녀와는 다르게 청순한 외모의 여인이었다.

무엇보다도…….

'얼굴이 주먹만 해.'

경악이었다.

"어, 마리, 돌아왔네?"

"……."

나는 마빡대표를 보며 놀랐다.

그는 고단수였다. 아까의 '너 죽을래?' 표정이 아닌, 해맑은 미소를 지은 채 아무런 일도 없었다는 듯이 인사를 하는 걸 보면서 대표가 되기 위해서는 얼굴도 두꺼워야 하나 하는 의문이 생겼다.

반대로 흉터괴물은 얼굴이 새빨갛게 상기된 채 아무런 말도 못하고 있었다.

"……."

그는 누가 봐도 명백히 부끄러워하고 있었다.

"어? 안톤, 안녕? 여긴 웬일이야?"

그녀는 마빡대표보다 더 해맑게 웃으며 손을 흔들었다.

"그, 그게… 제롬한테 인사하려고……."

"……."

몸을 배배 꼬며 말하는 놈의 추태도 추태지만, '인사하려고'는 도대체 무슨 변명인가?

나뿐만 아니라 주위의 구경꾼들의 표정도 처참하게 일그러졌다.

환상얼굴은 여전히 미소를 짓고 있었다.

"그래? 근데 너 여기 있는 거 교수님한테 걸리면 안 되잖아. 교수님 이쪽으로 오시는 길 같던데 빨리 가봐!"

환상얼굴은 진심으로 그를 걱정해 주는 얼굴이었다. 흉터괴물을.

"어, 고마워!"

흉터괴물은 그렇게 광풍처럼 들이닥쳤다가 나비처럼 사뿐사뿐 퇴장했다.

"……."

정말 어이가 없었다.

아니, 그보다도 태풍 가운데 봄의 하늘하늘한 향긋한 분위기를 불어넣은 환상얼굴이 더 어이가 없었다.

상급생들의 시선을 한꺼번에 받는 걸 보면 그녀가 이 주문에서 얼마나 인기가 있는지 알 수 있었다.

"쳇."

그녀와 편하게 이야기를 나누는 마빡대표를 보며 나는 묘한 감정을 느꼈다.

후에 알게 되었는데, 그녀는 주몬의 여자 대표였다. 보통 한 단계를 2년 동안 이수하는데, 그녀는 천부적인 재능을 인정받아 입학한 지 4년 6개월 만에 4단계를 수련하기 시작했다.

뿐만 아니라, 벌써 5단계를 수련하는 학생들과 겹치는 과목을 몇 개 듣는다고 한다. 그러니까 이 주몬에서는 가장 잘나가는 상급생이라고 할 수 있었다.

이후 몇 차례 바알의 상급생들과 부딪쳤다. 흉터괴물은 그냥 넘어갈 놈이 아니었다. 하지만 그때마다 그들은 마빡대표와 4단계의 상급생들과 충돌했고, 큰 싸움으로 번지지는 않았지만 분위기가 상당히 흉흉했다.

땡땡땡!

주몬의 기숙사는 상당히 컸다. 물론 주몬뿐만 아니라 다른 계열의 기숙사도 모두 컸다. 전교생을 삼 등분하여 각각 세 기숙사로 나누기 때문에 클 수밖에 없었다.

단계에 올라가면서 떨어져 나가는 학생도 많았지만, 그래도 전교생이 2,500명은 되었다. 그중 한 기숙사를 쓰는 인원은 대충 8,900명. 그런 대규모의 인원을 깨우는 데에는 큰 종이 필요했다.

물론 지금 울리는 것은 작은 종이다.

남녀 모두의 공동 침실을 위한 작은 종.

그때 문지기 땅딸보가 방문을 열고 들어왔다.

"주몬 신입생 최종 인원 점검 및 기숙사 배정이 있겠다. 모두 신속하게 나와라."

나는 눈을 비비며 일어났다.

이곳에서 예비생으로 딱 일주일을 보내면서 깨닫게 된 사실이 있다면, 상급생들보다는 뺏뺏대마왕이 훨씬 편하다. 뺏뺏대마왕의 눈 밖에 나면 그렇게 신경 쓰이지 않는데, 상급생들의 눈 밖에 나면 인생이 고달파진다.

나 역시 상급생들의 눈 밖에 나고 있었는데, 그런 나를 찰나의 차이로 이겨 끌려간 시건방진 동급생은 상급생에 의해 완전히 갱생되어서 돌아왔다.

"……."

정신 건강에 해로운 생각에 몸을 부르르 떨었다.

벽난로를 주위로 주몬의 신입 200명이 모였다. 벽난로의 앞에는 마빡대표와 환상얼굴이 서 있었다. 그 이외에도 문지기, 꺽다리와 땅딸보도 있었다.

마빡대표와 환상얼굴은 꼭두새벽임에도 불구하고 흐트러짐이 전혀 없는 모습이었다.

"계열 게시판에 자기의 기숙사 호실이 표시되어 있을 것이다. 한동안 비어 있던 곳이니 깨끗하게 청소해서 자신의 짐을 옮기도록 해라. 그럼 지금서부터 신입의 일정에 대해서 알려 주겠다."

나만의 착각인지는 잘 모르겠으나 이 학교는 완전 강압적이다. 선택권은 전혀 주지 않는다. 자유 의지는 조금도 존중하지 않는다.

"다음 2주일은 신입생 적응 기간이다. 상급생은 수업이 없는 시간에 신입들을 교육할 것이고, 그 과정 도중에 탈락하는 이들은 다른 계열로 쫓겨날 것이다. 물론 다른 계열에서 받지 않겠다고 하면 그 학생은 요하네스에서 쫓겨나는 것이다. 그러니 적응 교육을 성실하게 받기를 바란다."

"……."

나는 놈의 말을 곰곰이 따져 봤다.

'쫓겨난다라……'

잠시나마 달콤한 꿈에 젖을 수 있었다. 하지만 뻣뻣대마왕은 그렇게 호락호락하지 않았다.

마빡대표의 말이 이어졌다.

"시간표 역시 게시판에 게재했다. 2주 후에는 상급생뿐만 아니라 신입생 역시 정규 수업에 들어가니 수강 신청을 빨리 할 수 있기를 바란다. 모두 알아들었으면 먼저 각자의 방을 확인하고 청소하도록.”

나는 신입생들의 가장 뒤에 서 있었기 때문에 게시판에 가장 먼저 도착할 수 있었다. 처음에는 기숙사 배정을 찾으려 했지만 가장 먼저 눈에 들어온 건 시간표였다.

“…….”

나는 눈을 비벼도 보고 볼을 꼬집어도 봤다. 내 눈이 장난치는 것이기를 바랐고, 꿈이기를 바랐다.

‘오전 시간, 체력 단련. 점심 식사 후 검술 훈련. 저녁 식사 후 상급생 지도 훈련.’

마치 뻣뻣대마왕이 짠 시간표 같았다. 각 시간 옆에는 담당자도 있었다. ‘체력 단련, 라이오넬 교수님’, ‘검술 훈련, 발레키 교수님’, ‘상급생 지도 훈련, 주몬 4단계 크로우’.

나는 고개를 갸웃거렸다.

나는 내가 시간을 거슬러 올라간 게 아닌가 싶었다.

‘이게 뭐야?!’

뻣뻣대마왕과 발레키. 발레키가 과연 검술 훈련을 시켜 줄 수 있을지에 대한 의문은 뒤로하더라도, 어떻게 된 게 공통 과정이 끝나면 더 이상 볼일이 없을 줄 알았던 두 교수가 또다시 내 인생에 개입하는지 심각하게 고민해 봐야 했다.

‘4단계 크로우?’

이 요하네스에는 2년 차이로 다섯 개의 과정이 있으니, 각 단계에 따라 크로우를 분류하는 모양이었다. 아마 상급생의 단계 역시 마찬가지인 걸로 보였다.

"크리스, 안녕?"

그때 누군가가 내 팔을 살짝 잡으면서 말을 걸었다.

또 어떤 건방진 평민이 이 귀한 몸의 팔을…….

"……!"

나는 아무 말도 못하고 순간 얼어버렸다.

큰 하늘색 눈이 나를 똑바로 쳐다보고 있었다. 가까이서 보니 더 아름다웠다. 그녀의 이마와 작은 코는 큰 눈과 어우러져 그녀의 외모를 인형처럼 보이게 했다.

"어제 인사 못했지? 난 마리야. 이렇게 또 아신 가의 사람을 만나게 되어서 기뻐."

묘한 분위기의 여인이었다.

아니, 그것보다도…….

"아신 가의 사람을 만난 적이 있어?"

황실에 출입하는 사람이라면 모를까, 우리 집안 사람을 평민이 보는 건 하늘의 별을 따는 것보다 어려울 것이다. 쉽게 말해 불가능하다는 말이다.

그녀는 해맑게 웃으며 고개를 끄덕였다.

"4단계 이상의 학생들은 다 아신 가의 기사님들을 뵌 적이 있는걸. 이반 아신 경과 휘하의 블랙 나이츠 분들이 일 년에 한 번 오셔서 3단계 학생들부터 가르침을 내려주셔.”

이제 막 학기가 시작했으니까 지금의 3단계 상급생들은 우리 아버지를 본 적이 없고, 지금의 4단계부터 그에게 가르침을 받았다는 말이다.

“…….”

아버지가 도대체 밖에서 무슨 일을 하는지 알 턱이 없어 전혀 모르고 있었는데, 그 비싼 양반이 이런 요하네스에 금쪽같은 시간을 쪼개 쓰고 있었다고?

조금도 믿을 수 없었다.

“아버지가 어떻게 생겼는지도 알겠네?”

“응. 금발이 조금 옅지만 굉장히 잘생기신 분이잖아. 지금도 기품있으시지만 젊었을 때를 상상하면 엄청나셨을 것 같아.”

“…….”

얼굴이 살짝 붉어지는 환상얼굴이었다.

믿을 수 없었지만 그녀는 아버지를 알고 있었다. 요하네스에서 가짜 아신 경을 데려올 리도 없었으니까.

그러고 보니 나를 우러러보는 듯한 상급생들의 시선을 조금은 이해할 수 있었다. 블랙 나이츠는 대륙 최고의 기사단이다. 그리고 그 기사단을 이끄는 아버지는 검사 중에서도 비교

할 자가 없다고 평가되고 있었다.

그런 사람을 직접 눈으로 봤으니 내가 얼마나 대단한 가문의 사람인지 몸소 체험했다고 할 수 있겠다.

환상얼굴의 말은 이어졌다.

"만나서 반가웠어. 신입이라 조금 힘들겠지만 넌 금방 적응하겠지? 그럼 나중에 봐!"

나는 그녀가 멀어지는 모습을 가만히 바라봤다. 아직도 그녀가 잡은 팔 부근이 후끈후끈했다. 이 주몬, 마음에 안 드는 부분이 너무도 많았지만 아주 끔찍하지는 않을 모양이다.

내 입가에 저절로 미소가 걸렸다.

이깟 시간표,

웃으면서 버텨내겠다.

4

2주일은 공통 과정을 그립게 만들 만큼 고되었다. 웃으면서 버텨낸다고? 내가 잠시 미쳤었나 보다.

특히 그 과정 중에서 가장 고된 건 뻣뻣대마왕과의 아침 훈련이었다. 지옥의 단편적인 모습을 맛볼 수 있을 만큼 상큼한 시간이라고나 할까?

정말 미친 듯이 힘들어도 뻣뻣대마왕에겐 조금의 아량도

없었다.

그와의 아침 훈련은 항상…….

"……."

죽고 싶다.

때려치우고 싶다.

어디 뼈가 하나 부러져서 이 일을 하지 않았으면 좋겠다.

"너의 한계가 여기까진가?"

무너질 것만 같으면 꼭 뻣뻣대마왕이 다가왔다.

팔이 나의 몸무게를 견뎌내며 부들부들 떨리고 있었다.

"포기하고 싶은가?"

그의 말을 들으면 힘이 쭉쭉 빠졌다.

하지만 개수를 못 채우면 그만큼 오전 훈련 시간은 늘어
난다. 이미 연무장의 절반은 비워져 있었다. 체력 훈련에 충
실한 신입들은 하루의 분량을 모두 채우고 밥을 먹으러 갔
다.

내가 딱히 밥을 먹으러 가고 싶어 하는 건 아니었지만, 정
말 이 고행을 끝마치고 싶었다.

"포기하고 싶다면 그만둬라."

"……."

'오케이, 알겠어. 고마워' 라는 말이 입 밖으로 튀어나올 뻔

했다.

상대는 뻣뻣대마왕이었다.

"지금 포기하면 넌 그 정도밖에 안 되는 놈이다. 대부분의 평민들도 이겨낸 고통을 갖고 아이처럼 엄살 부리는 게 좋은 가?"

팔을 한 번 굽혔다. 그런데 도저히 일어날 수가 없었다. 평소라면 100개를 해낼 수 있었다. 3개월 전이면 꿈도 못 꾸었겠지만, 지옥 훈련은 불가능을 가능하게 만들었다. 하지만 한 시간의 달리기와 100회의 윗몸 일으키기, 다시 한 시간의 가벼운 달리기와 누워서 다리 들기 30분 이후의 팔굽혀펴기 하나하나는 고문과도 같았다.

온몸이 아우성을 친다.

"검술은 단순히 체력과 기술로 하는 취미가 아니다. 목숨을 걸고 정신력의 그 마지막을 짜내는 예술이다. '쉬고 싶다'라는 생각을 잠시만 해도 너는 영원히 쉬게 된다. 명심해라."

"읏차!"

오기에서 나오는 힘일까? 나는 다섯 차례를 연이어 했다. 죽을 것 같았지만 이상하게도 가능했다. 뻣뻣대마왕의 말대로 정신력의 힘이라고 할 수 있을까? 하지만 여섯 번째는 불가능했다. 팔을 굽혔는데 심하게 떨리기만 할 뿐 꿈쩍도 하지 않았다.

그래도 억지로 해내려고 했다. 겨우 네 번밖에 안 남았다.

"이제 그만 쉬어라. 한계를 너무 시험하면 불구가 될 수도 있다."

"하아!"

나는 바닥에 엎어졌다.

하늘이 노랗게 변했지만, 그래도 정작 쉬니까 이렇게 기분 좋을 수가 없었다.

"오랜 고통 이후에는 그에 상응하는 기쁨이 찾아온다. 명심해라."

뻣뻣대마왕이 의미심장한 말을 했지만 나는 흘려들었다.

앞으로의 2주의 아침이 항상 이렇게 끝날 생각에 정신이 아득했다.

…이렇게 지나갔다. 조금 익숙해질 것 같으면 꼭 훈련량을 늘려 항상 똑같이 자살 충동을 느끼게 만들었다.

그나마 다행인 건 뻣뻣대마왕 이후의 수업은 발레키의 수업이었다.

발레키의 검술 훈련은 항상 똑같았다. 첫날이고 둘째 날이고 '피곤하시죠? 쉬세요', 이런 식이었다. 그래도 2주가 지나기 전에 무엇이라도 가르치겠지 싶었는데 정말 2주 동안 그는 아무것도 하지 않았다.

만약 뻣뻣대마왕이 이 시간까지 가르쳤다면 나는 이미 운명을 달리했을지도 모른다.

저녁 시간에는 크로우가 검술을 봐주었는데, 자신의 단점, 그리고 어떻게 보완해 내야 하는지 등을 조언해 주었다. 내 담당 크로우는 환상얼굴이었는데, 그녀는 당연하게도 내 단점을 찾을 수 없다고 했다. 그리고 앞으로의 발전 가능성이 무궁무진할 거라고 했던가?

평민이 나를 평가한다는 생각에 불쾌하기는 했지만, 이상하게도 그녀가 옆에 있을 때면 마음이 묘해진다. 가끔은 조금 과장되게 행동하고, 때로는 말을 더듬게 되기도 한다.

가끔 그녀가 다른 학생의 자세를 봐주러 갈 때는 아쉬운 마음이 느껴지기도 했다.

2주 동안에 나는 수강 신청도 해야 했는데, 이때부터는 시간표를 자신이 직접 짤 수 있다는 게 마음에 들었다. 최소 학점만 이수하면 다음 단계로 넘어가는 게 가능했고, 따로 추가 학점을 따면 다음 단계로 조금 빨리 넘어가는 것도 가능했다.

필수 과목인 1단계 주문 검술, 주문의 이해, 생체 에너지의 발견은 선택권이 없었다. 다만 어느 시간대에 들을지는 정할 수 있어서 그나마 다행이라고 생각했다.

선택 과목에서는 검술의 역사, 예법, 문학, 검술II, 천문학, 동물학 등이 있었는데, 이 중 최소 한 과목에서 네 과목까지 들을 수 있다고 한다.

당연하지만 문학 한 과목만 신청했다. 문학을 고른 이유는 특별히 없었다. 단지 도서관에서 한다기에 잠을 자기에는 가장 좋은 여건이 아닌가 싶어 신청했다.

"후우!"

나는 침대에 누웠다.

기숙사는 2인 1실이었다. 반대편에 룸메이트의 침대가 있었지만 이상하게도 그는 지난 2주 동안 단 한 번도 들어오지 않았다.

이름이라도 알아보려고 7호실에 누구의 이름이 쓰여 있는지 어려운 걸음을 하여 게시판에서 확인까지 했다.

'환자.'

이름은 안 쓰여 있고, 환자라고만 쓰여 있었다. 그 이유를 환상얼굴에게 물어봤지만 내가 원하는 대답은 들을 수 없었다. 단지 '걔, 나으면 올 거야' 라는 말뿐이었다.

물론 내가 룸메이트에 대해 신경을 쓰는 건 거기까지였다. 나는 임시 기숙사의 냄새 나는 침대와는 다른, 정말 푹신한 침대에 몸을 맡겼다.

"흐음."

나는 누워서 내가 심혈을 기울여 짠 시간표를 유심히 봤
다.

정규 일정에 들어가게 되면 아침 체력 단련은 한 시간으로
줄어든다. 검술 기관이라고 해서 하루 종일 몸만 단련하는 게
아니라, 머리 역시 채운다는 명분하에 학생들을 너무 피곤하
지 않게 한다는 배려가 있었다.

나도 처음에는 교양 과목 같은 게 왜 있나 싶었다. 내 의문
을 알았는지 뻣뻣대마왕은 '검술이 일정 수준에 이르게 되면
깨달음을 요하는 부분이 생긴다. 적당한 지식은 몸으로 직접
채울 수 없는 경험을 채워주고, 그 경험이 깨달음으로 직결될
수 있다' 라고 말했다.

물론 무슨 뜻인지 전혀 모르겠지만, 하루의 시간을 미친 듯
이 뛰어다니거나 근육을 울퉁불퉁하게 만드는 일에 전부 쏟
아 붓지 않아도 된다는 아주 긍정적인 말로 받아들였다.

"큭큭큭."

시간표를 보니 저절로 웃음이 나왔다.

이건 천국이었다.

필수 과목은 일주일에 네 번 들었고, 교양 과목은 세 번밖
에 안 들었다. 나야 교양 과목이 한 과목밖에 없으니 이 시간
들을 일주일에 껴 맞추면 시간이 굉장히 널널했다. 무엇보다
도 마음에 드는 건 일요일은 휴식을 준다는 사실.

원래 일주일에 하루는 쉬어야 학습 효과가 더 좋다는 연구 결과가 있었다. 공통 과정에서도 일요일을 쉰다고는 했지만, 실제로는 살짝 덜한 '지옥 훈련'이 아닌 '지옥 맛보기 훈련'을 시켰다.

하지만 이제 일요일은 완전히 비었다. 아무런 수업도 없다는 말이다. 물론 아침에 간단한 체력 단련은 쉬지 않는다.

좋은 건 거기서 끝이 아니었다.

토요일은 오전이면 모든 수업이 끝난다. 그 이후의 긴 시간에는 휴식을 즐길 수 있다는 말이었다.

"……."

가만히 웃다 보니 원래의 나라면 이 정도의 일과에도 지치고 불만을 토했을 것이라는 사실이 떠올랐다. 이 요하네스가 나를 이런 식으로 변하게 만들었다고 생각하니 씁쓸했다.

나는 눈을 스르르 감으며 생각했다.

'아버지는 지금 내 모습을 보면서 흡족한 미소를 짓고 계실까?

이 모든 게 아버지의 시나리오에 담겨져 있는 걸까?

내가 이런 고생을 하고, 이런저런 경험을 할 거란 생각에 나를 여기로 보냈을까?

나는 여전히 아버지의 의도를 파악할 수 없었다.

"주몬의 검술에서 가장 중요한 건 바로 남의 생각을 읽을 수 있는 능력이다. 실제로 남의 생각을 그대로 읽는 건 불가능하기 때문에 우리는 느낌과 감각을 통해 상대의 생각을 짐작해야 한다. 고로, 직감력이 뛰어나야 한다는 말이다. 직감력은 선천적으로 주어지는 능력이다. 그 차이가 사람에 따라 천차만별이지만, 노력의 여하에 따라 어느 정도는 극복할 수 있다."

수업은 성 내부에 마련되어 있는 연무장에서 진행되고 있었다. 이 성이 얼마나 큰지, 강의실만 해도 50여 명이 일정 간격으로 서서 검을 마음대로 휘두를 수 있을 정도로 넓었다.

뻣뻣대마왕은 검은 눈을 반짝이며 강연을 다시 시작했다.

"직감력은 타고난 감각 역시 중요하지만, 그 어떤 요소보다 중요한 건 경험이다. 각 사람에게는 검을 휘두를 때의 습관이 있다. 왼쪽으로 검을 휘두를 때 왼쪽을 먼저 한 번 보고 휘두른다거나, 오른쪽 발이 자신도 모르게 먼저 나간다거나, 검끝이 왼쪽으로 살짝 움직이는 등 자신이 자각하지 못하는 습관이 있기 마련이다. 상대의 습관을 자신의 습관보다 먼저 찾아내는 능력 역시 직감력이라 할 수 있다. 그리고 그런 습관을 잡아낼 수 있는 눈을 기르기 위해서는 경험, 경험이 필요하다."

"하아아암!"

나는 기지개를 켜면서 하품을 했다. 언제나 그렇듯 긴 설명은 자장가처럼 들린다.

"……."

내 하품 소리가 너무 컸을까?

동급생들은 물론 뻣뻣대마왕의 예리한 눈빛이 나를 때렸다.

나는 불안감에 놈의 시선을 회피했다.

"크리스, 나와보겠나?"

"……."

시선까지 회피했건만 뻣뻣대마왕은 그냥 지나가지 않았다. 한 번쯤은 그냥 봐줄 수도 있건만.

나는 슬금슬금 앞으로 나갔다.

졸려서 하품을 한 게 뭐가 죄라고…….

나는 뻣뻣대마왕의 옆에 어색하게 섰다. 수업 중에 불려 나가는 건 절대로 기분 좋은 경험이 아니었다. 덕분에 잠은 깼지만…….

“자, 검을 뽑아봐라.”

“…….”

언제나 그렇듯 뻣뻣대마왕이 무슨 일을 시키면 불안감부터 무럭무럭 자란다. 아무것도 모른 채 놈의 암수에 걸릴 때만큼 기분이 더러울 때가 없다. 안타깝게도 인내심이 한계에 도달할 때까지도 나는 뻣뻣대마왕의 암수에 대해 조금도 짐작하지 못했다.

“뽑아라.”

목소리가 무거워지자 나는 조금 머뭇거리다 칙칙한 검을 뽑아 들었다.

“자세를 잡고 일자 베기를 해봐라.”

‘나한테 지금 명령하는 거야?’ 라는 눈빛으로 놈을 바라봤다가, ‘대드는 건가?’ 라는 눈빛을 받고 나는 왼쪽에서 오른쪽으로 건성건성 검을 휘둘렀다.

“…….”

뻣뻣대마왕은 내 자세를 곰곰이 훑는 얼굴이었다. 분명히 내 검술을 실컷 비웃을 태도였는데 아무런 말이 없자 더욱 불안했다.

“그냥 비웃어. 난 강해서 네 비아냥 정도에는 아무렇지도 않아.”

사실 기분 나쁘기는 하지만 그래도 이제는 조금 익숙해지기 시작했다.

뻣뻣대마왕은 한참을 있다가 입을 열었다.

"크리스의 자세에서 습관을 찾은 사람이 있나?"

그의 물음에 나는 마치 서커스의 동물을 보는 듯한 시선을 동급생들에게 받아야 했다. 모든 시선이 나에게 이런 식으로 쏠리는 건 상당히 기분 나빴다.

입술을 살짝 깨무는데, 뻣뻣대마왕의 말이 들려왔다.

"크리스의 자세에는 아무런 습관이 없다."

"……."

나는 환청을 들었나 싶었다.

방금 뻣뻣대마왕이 날 칭찬한 건가? 무미건조한 음성이었지만, 그래도 그의 말을 곰곰이 생각해 보니 칭찬이었다. 분명히 내 검술을 비웃으려고 불러냈는데, 정작 보니까 특별한 습관이 없다.

"후후, 당연하지. 나는 핏줄에서부터 다른 놈들이랑 질이 다르다고."

동급생들이 한심하다는 눈빛으로 쳐다보기는 했지만 그래도 기분이 좋았다.

"가끔은 신이 실수로 재능을 전혀 예상치도 못한 사람에게 불어넣어 준 경우를 볼 수 있다."

"……."

나는 지금의 말이 칭찬인지 욕인지 곰곰이 따져 봐야 했다. 결론이 나기도 전에 뻣뻣대마왕의 말이 이어졌다.

"물론 너희에게는 모두 재능이 있다. 그랬기 때문에 요하네스에 입학할 수 있었지. 하지만 크리스와는 달리 너희에게는 검술에 있어 잘못된 습관들이 있다. 그 이유는 크리스가 노예 전락 일보 직전의 귀족이고, 너희는 평민이기 때문이 아니다. 그건 바로 마음가짐 때문이다."

"하하하!"

"큭큭큭!"

뻣뻣대마왕의 말에 평민들은 웃었다. 어떤 놈은 참지 못하고 바닥을 굴렀다.

'노예 전락 일보 직전의 귀족?

"……."

불만에 가득 차 입을 열려는데, 나는 또 선수를 빼앗겼다.

"너희는 열의에 가득 차 있다. 검술에 대한 욕망이 너무 크다는 말이다."

그때 평민 중 하나가 물어왔다.

"검술에 대한 열의는 좋은 게 아닌가요? 저기 저 왕싸가지는 검술에 대한 열의가 조금도 없잖아요. 그런데도 수업에 뒤처지지 않는 건 너무 불공평해요."

"……!"

나를 감히 '왕싸가지'라고 부른 평민을 찾으려고 주위를 둘러봤지만 어디에도 보이지 않았다.

"검술에 대한 열의는 좋은 것이다. 검술을 빠르게 익혀 나가는 데 촉매가 될 수 있지. 그렇지만 검술이 빨리 익혀지지 않는다고 해서 조급해하기 시작하면 오히려 그 열의는 독이 될 수 있다. 빨리 멋있는 검술을, 더 강한 검술을 익혀 훌륭한 검사가 되고 싶다. 이런 태도는 억지로 화려하게 검을 휘두르려는 습관과 조급한 마음가짐을 야기한다."

"……."

우둔한 평민들은 뻣뻣대마왕의 말에 깨우침을 받는 얼굴들이었다.

이 가슴 답답한 묘한 분위기에 나는 입을 열었다.

"근데 난 왜 계속 여기에 서 있는 거냐? 들어가도 되냐?"

이런 진지한 분위기, 정말 갑갑하다.

뻣뻣대마왕은 내 말을 아주 당연하다는 듯이 무시하고는 계속해서 그 가슴 답답한 강의를 시작했다.

"크리스는 아무런 열의가 없다. 그냥 될 대로 검을 휘두른다는 말이다. 검술에서 이건 상당히 중요하다. 아무런 열의가 없는 게 중요하다는 말이 아니고, 머리를 비우는 게 중요하다는 뜻이다. 크리스는 아무 생각도 없다. 너희도 검술에서만큼은 그 점을 배워라. 너무 많은 생각을 하지 마라. 몸이 검로를 기억할 수 있고, 생각없이도 잘 움직일 수 있다. 오히려 생각은 몸의 움직임을 부자연스럽게 한다."

"……."

평민들은 고개를 끄덕이며 '오, 이런 좋은 말씀을' 하면서 감탄하고 있는 모습이었지만, 나는 또다시 내가 지금 모욕을 받고 있는 건지 칭찬을 받고 있는 건지 깊이 생각해 봐야 했다.

"시간이 날 때마다 머리를 비우고 검술을 연습하도록. 오늘 수업은 여기서 끝이다."

뻣뻣대마왕의 말이 끝나기가 무섭게 평민들은 우르르 몰려 나갔다. 도대체 기품은 언제 배울지…….

나는 천천히 강의실을 벗어나기 시작했다.

그때 뻣뻣대마왕의 목소리가 들려왔다.

"크리스."

"……?"

"힘내도록."

"……."

뻣뻣대마왕은 그 무서운 말을 남기고는 강의실에서 사라졌다. 도대체 뻣뻣대마왕이 나한테 무엇을 시키려고 저런 위험한 말을 하는 것일까?

아니면 그는 내 앞날에 어떤 악운이 있는지 알고 있는 걸까?

몸이 저절로 부르르 떨린다.

'저주를 받았어.'

나는 힘없이 강의실을 벗어나기 시작했다.

막 강의실의 문을 지났을 때였을까?

스윽.

누군가가 갑자기 내 멱살을 잡았다. 날 마치 장난감을 다루 듯 쉽게 벽에 밀어붙인 인물을 쳐다봤다.

"흉터괴물!"

주먹코와는 유일하게 다른 게 탄탄하고 빈틈없는 근육과 이마의 흉터인 흉터괴물은 씨익 웃으면서 말했다.

"우리, 못 다한 이야기가 있지?"

잊고 있었다.

나를 호시탐탐 노리고 있던 흉터괴물……

2주간 상급생들에게 교육받을 땐 마빡대표와 환상얼굴이 주위에 있었음은 물론, 놈도 신입생 교육에 바빠서 얼굴도 못 봤는데…….

이렇게 학기가 시작하는 날에 쳐들어올 줄이야.

"문 닫아."

나는 다시 강의실 안으로 끌려 들어갔다. 흉터괴물은 같이 온 주먹코에게 명령을 내리고는 의자를 하나 끌어왔다.

"앉아."

털썩.

앉으라고 해놓고서 그 우악스러운 손으로 밀치는 건 또 무슨 심보인지 궁금하다.

나는 놈을 한참을 올려다봤다. 안 그래도 큰 키에 나를 앉게 했으니… 목이 꽤 아프다.

놈은 여전히 '변태가 먹잇감을 발견했을 때의' 불쾌한 미소를 지우지 않고 있었다. 놈의 눈과 마주칠 때면 몸이 계속해서 부르르 떨리는 게 심상치 않았다.

"네가 왜 이 자리에 앉아 있는지 알고 있냐?"

흉터괴물은 어깨에 힘을 주고는 목소리도 애써 굵게 잡으며 말했다.

"……."

나는 놈을 멍한 눈으로 올려다봤다.

"그거야 네가 앉혔으니까."

지극히 상식적인 대답을 들은 흉터괴물은 '어? 이게 아닌데?' 라는 얼굴로 무엇인가를 말하려는 듯했지만, '듣고 보니 그렇네?' 라고 바로 수긍했다.

"……."

내가 지금 이런 사람에게 끌려왔다는 사실이 이렇게 치욕스럽게 느껴질 수가 없었다.

나는 놈에게 친히 일깨워 주었다.

“네가 할 질문은, ‘네가 잘못한 게 뭔지 알아?’ 야. 그런 뜻으로 물어봤는데, 나는 그냥 있는 그대로의 의미로 받아들여서 대답을 한 것뿐이고.”

탁!

놈은 자신의 이마를 탁 쳤다.

‘아, 맞다!’ 라는 게 아주 얼굴에 도배되어 있었다. 그렇다고 수긍을 해버리면 안 되니 내 눈치를 보며 애써 표정 유지를 하는 게 다 보여서 그가 안쓰러워질 지경이었다.

“네가 잘못한 게 뭔지 알아?”

“…….”

그렇다고 내가 한 말을 그대로 하다니.

내가 생각하고 있는 것보다 놈은 조금 더 무식한 모양이다.

“몰라.”

놈이 같잖아서 대답해 줄 가치도 없어 보였다.

쫘악!

그때 놈이 내 어깨를 쥐었다.

“윽, 그러니까 내가 네 동생의 코에 상처를 내서 그런 거 아니야!”

어깨가 으스러지는 느낌에 대답이 저절로 나왔다.

그제야 놈은 흐뭇한지 미소를 지었다.

“잘 아는군. 넌 이 안톤님의 눈 밖에 벗어난 그 순간부터 이런 날이 올 줄 알고 있었지?"

"……."

나는 미쳤냐고 말하려고 했다.

꽈악!

"윽! 당연하지!"

놈은 다시 씨익 웃었다.

이 정도로 무식한 놈에게 농락당하고 있는 내가 치욕스럽게 느껴졌다.

하지만 도저히 맞설 생각을 할 수가 없었다.

그의 힘은 정말 비상식적으로 강했다. 인간의 힘이라고 생각할 수가 없었다.

흉터괴물은 나를 동정심에 가득 찬 눈으로 내려다봤다.

그 모습이 너무도 역겨워 뭐라고 하려는 찰나에 놈이 다시 내 어깨 위에 손을 얹었다. 나는 황급히 고개를 숙였다.

'내가 무서워서 피하냐, 더러워서 피하지?'

열 받은 감정을 드러내지 않기 위해 입술을 살짝 깨물었다.

"……!"

그때 갑자기 흉터괴물이 내 머리를 쓰다듬었다.

"이 안톤님의 눈 밖에 나면 요하네스 생활의 반은 의료원에서 보내야 한단다. 넌 그런 생활을 하고 싶진 않겠지?"

“…….”

놈의 손길에 소름이 돋기 시작한다. 확실히 놈의 우악스러운 손에 제대로 두들겨 맞으면 뻣뻣대마왕보다는 의료원의 의사를 더 자주 보게 될 것이다.

놈의 동정심에 가득 찬 눈빛은 사실 살의였다는 걸 깨닫게 되었다.

놈의 손이 내 머리에서 턱으로 옮겨갔다.

“이 곱상한 얼굴이 추남으로 변하는 데 시간이 얼마나 걸리는지 알아?”

“…….”

“1초. 한주먹이면 사람의 얼굴에서 사람이 아닌 얼굴로 변한다. 신기하지?”

나는 고개를 세차게 저었다.

어느새 식은땀으로 등이 흠뻑 젖었다.

아까의 그 어리버리한 흉터얼굴이 그리웠다.

“내가 네 죄를 용서해 줬으면 좋겠지?”

나는 황급히 고개를 끄덕였다.

놈은 다시 미소를 띠었다.

“나도 그러고 싶다. 그런데 죄를 지었으면 벌을 받아야 되잖아. 벌 없이 죄만 사해주면 그 죄를 다시 저지를 가능성도 있고.”

흉터괴물이 주먹을 쥔 채로 나를 가만히 내려다보고 있는 모습은 섬뜩했다.

"꿀꺽."

긴장되는 순간이었다.

"하지만 신입생에게 너무 가혹한 벌을 내리는 건 상급생으로서 옳지 않은 짓이겠지?"

"……."

흉터괴물은 계속해서 말을 돌리고 있었다. 나에게 원하는 게 있는 것 같기는 한데, 그것을 조금 더 수월하게 얻기 위해 계속해서 공포 분위기만 조성하고 있는 게 눈에 보였다.

"원하는 게 뭔데?"

난 인내심이 많은 편이 아니었다.

흉터괴물의 표정은 잠시 '어, 내가 원하는 게 있다는 걸 어떻게 알았지?'라고 나타내다 제 얼굴을 찾았다.

"쿠삭의 일거수일투족을 내게 보고해라."

쿠삭이라면 마빡대표를 말하는 건데…….

"그건 왜?"

"몰라도 돼! 넌 단지 내가 시키는 대로 하면 된다!"

흉터괴물은 과민 반응을 보이며 크게 소리쳤다. 보통 과민 반응을 보인다는 건 뭔가 찔리는 구석이 있다는 이야기인데…….

“…….”

뇌리를 스친 한 생각에 내 얼굴은 처참하게 일그러졌다.

나는 흉터괴물을 노려봤다.

“너, 대표한테 관심있냐?”

흉터괴물과 마빡대표의 이루어질 수 없는 금단의 사랑 이야기… 를 머릿속에서 떠올리다가, 안 그래도 별로 먹은 게 없어 깨끗한 속을 모두 게워낼 뻔했다.

“아, 아니! 절대 아니다! 도대체 무슨 생각을 하고 있는 거지?”

“…….”

얼굴이 새빨갛게 달아오른 흉터괴물을 보면서 나는 할 말을 잃었다. 분명히 제정신이 아닐 거라고 생각은 했지만 이 정도일 줄이야…….

정신 연령이 어린 놈들은 자기가 좋아하는 상대를 일부러 괴롭혀 관심을 산다고 하던데, 흉터괴물이 그렇게 소심한 줄은 몰랐다.

흉터괴물은 내 눈을 한 번 바라보더니 광분하기 시작했다.

“너, 그 한심하다는 눈빛, 안 지워? 네가 생각하는 그런 게 아니야! 당장 안 지우면 그 아니꼬운 얼굴을 확 으깨 버리는 수가 있어!”

어째 놈의 협박도 귀엽게만 느껴진다.

나는 고개를 끄덕이면서 입을 열었다.

"괜찮아, 괜찮아. 우리 마빡대표가 얼굴이 아주 잘생긴 건 아니지만 그래도 평민치고는 준수한 편이야. 이해할 수 있어. 그러니까 너무 부정하지 마. 안타까우니까."

"……."

놈의 커다란 입이 쫙 벌어졌다.

그리고는 내 어깨를 두 손으로 꽉 쥐는 그였다.

"……."

살짝 미소를 짓고 있던 내 얼굴 표정이 급변했다. 입을 꾹 다물고 있지 않았으면 비명 소리가 새어 나왔을 것이다.

"그게 아니다. 새학기는 항상 정권 교체의 시기다. 계열은 단순한 학습 과정이 아니라 하나의 세력이라 볼 수 있다. 한 동굴에 두 마리의 호랑이가 존재할 수 없는 것처럼, 다른 세력을 제압하여 앞으로의 생활을 평탄하게 보낸다. 몰라?"

"아아!"

여기서도 세력 싸움이 있다는 말이었다. 사람의 본성이어서 그런지, 인간은 어떻게 해서든 남의 위에 서려는 기질이 있다.

"그러니까, 치사하게 뒤통수를 때리기 위해 나보고 정보를 좀 대달라는 거지?"

'치사하게' 라는 단어를 듣자 흉터괴물은 콧구멍이 커지면서 숨을 거칠게 쉬기 시작했다.

"치사하게라니? 상대의 허를 찌른다. 가장 기본적인 전술 아닌가?"

"……."

그 누구도 아닌 흉터괴물에게서 일깨움을 받으니 느낌이 새롭다.

나는 흉터괴물의 말을 요약했다.

"그러니까 너는 정정당당하게 우리 쪽을 이길 자신이 없어서 꼼수를 쓰겠다는 거잖아."

확실히 마빡대표는 독특한 카리스마가 있었다. 우락부락하지는 않았지만, 그래도 그의 말에는 사람을 따르게끔 하는 힘이 있었다.

반면에…….

나는 흉터괴물이 광분하는 모습을 가만히 바라보면서 한숨을 쉬었다.

'대책없다.'

진심이었다.

꽈악!

놈이 내가 비웃는 눈빛을 읽었을까?

놈은 내 어깨를 다시 꽉 쥐었다. 혹시 어깨가 몸에서 빠져나가지는 않을지 걱정되는 그런 고통이었다.

"큭! 알았어, 알았다고. 그 정도야 비밀도 아니지. 다 말해줄 수 있으니까 놔!"

내가 놈의 제안을 받아들이고 나서야 그가 날 놔주었다.

분명히 내가 놈에게 이용당하고 있는 것이기는 한데, 어째 기분이 나쁘지는 않았다. 상급생을 농락할 만큼 농락해서일까? 오히려 이 일이 꽤나 재밌게 돌아갈 수도 있다는 생각이 들었다.

흉터괴물은 꿈에서 나올까 무서운 살인 미소를 지었다.

"좋아, 한댔다? 정규적으로 찾아갈 테니 그때마다 그의 일정을 나에게 정확하게 보고해야 한다. 가자, 머독."

그렇게 둘은 황급히 사라졌다.

나는 가만히 앉아서 그들이 사라지는 모습을 처음부터 끝까지 바라봤다.

저렇게 황당한 형제도 없을 것이다.

"쯧쯧, 평민들이란."

평생을 가도 이해할 수 없을 거라는 생각이 들었다.

별로 이해하고 싶지도 않고.

6

언제나 그렇듯 발레키의 수업은 아무런 도움이 되지 않았다. 그는 앉아서 학생들을 명상시키는 일 이외에는 아무것도 가르치지 않았다. 그나마 다행인 건, 더 이상 수업을 빼먹지 않는다는 것 정도? 그래 봐야 노는 건 똑같으니 별 진전은 없다고 할 수 있었다.

주몬의 이해는 모종의 이유로 미루어졌다. 교수가 아프다고 했던가, 바쁘다고 했던가? 잘 생각은 안 나지만 교수에게 어떤 이유가 있었다.

수업이 이렇다 보니 내 일주일 시간표는 상당히 이상적이었다. 뻣뻣대마왕과의 수업만 버텨내면 나머지는 자유 시간이었다.

문학 수업이 있었지만 아직 교수도 만난 적이 없었다. 임시로 발레키가 수업을 맡고 있지만, '문학은 누가 뭐라 해도 많이 읽어봐야 해요. 일단 책을 뽑고 읽으세요' 라는 말만 남기고 2주일의 6번의 수업을 모두 그런 식을 때웠다.

요약하자면, 나는 지난 2주 동안 뻣뻣대마왕과의 여덟 번 수업만 받았다고 할 수 있었다.

그리고 그 여덟 번의 수업 동안, 1단계 주몬 검술의 기본적인 자세와 스텝을 배우기 시작했다. 여전히 몸은 피곤하지만, 그래도 검술이란 게 아주 싫지만은 않았다.

적어도 견뎌낼 수는 있을 것 같았다.

지난 2주 동안 기억나는 사건이 있었다면, 그건 아마 흉터괴물과의 만남이라고 할 수 있을까?

한 번은 내가 저녁을 먹고 있을 때 그가 찾아왔다. 사실 그와의 만남을 잊는다는 게 더 어려웠다.

나는 여전히 이상하게 생긴 빨간 고기밖에 없다고 불평을 하고 있는데, 문득 찾아와서는…….

"그래, 쿠삭을 언제 손봐줘야 한다고 생각하지?"

"……."

나는 잠시 멍한 얼굴로 흉터괴물을 바라보기만 해야 했다.

"뭐?"

"내가 말하지 않았나? 쿠삭을 감시해서 나한테 놈을 칠 만한 좋은 날짜를 알려달라고."

"……."

나는 흉터괴물이 진지한 건지 곰곰이 생각을 해봐야 했다. 놈은 항상 진지하다는 걸 떠올리고 나서야 나는 입을 열었다.

"그게 아니고, 놈의 일정을 일거수일투족 감시하라면서? 그 일정의 빈틈은 네가 찾는 거잖아!"

흉터괴물은 그제야 자신의 이마를 탁 쳤다.

단순히 무식한 게 아니라 기억상실증까지 있는 모양이다.

흉터괴물은 자신이 언제 실수를 했냐는 듯 태연하게 다시
물었다.

"그래, 일정은 어땠지?"

"기숙사에서 거의 본 적이 없어. 4단계의 상급생들은 모두
엄청 바쁜 모양이던데? 1단계 학생들의 검술을 봐주는 시간
빼고는 거의 못 봤어."

사실 이런 건 비밀이라고 할 것도 없었다.

내가 4단계 상급생들을 자주 봐왔는데, 놈들은 항상 피곤
에 절어 잠만 잤다. 항상 늦게 들어오고 일찍 나간다.

그들이 나가서 들어올 때까지의 긴 시간 동안 뭘 하는지 생
각하고 싶지도 않았다.

"그건 너도 그렇지 않아?"

같은 4단계의 학생이니 받는 수업은 달라도 그 수업량을
그만큼 잘 아는 사람도 없을 텐데…….

흉터괴물은 고개를 끄덕였다.

"우리 4단계의 학생들은 검술에 어느 정도 익숙해진 단계
지. 학교에서 배우는 검술에 자신만의 강점을 더해 자기만의
검술을 창조하기 때문에 하루 종일 검에 매달려 있어야 한다.
그러다 보니 남는 시간이 거의 없다고 할 수 있지."

"……."

나는 흉터괴물을 한심하다는 듯이 바라봤다.

흉터괴물은 그런 나의 눈빛을 오해했다.

"헤헤, 내가 좀 대단해 보이나? 너 역시 아무런 문제가 없다면 4단계를 이수하는 과정에서 나와 같은 절차를 밟게 될 테니 너무 감탄하지 말도록."

"……."

내 눈빛의 어느 부분이 '감탄' 으로 보이는 걸까?

검사는 기본적으로 시력이 좋아야 하는데, 안타깝게도 흉터괴물은 거기에서도 미달인가 보다. 명석한 두뇌에서도 미달인데…….

"이제 할 말 다했어?"

흉터괴물은 흐뭇한 미소를 지으며 고개를 끄덕였다. 자신이 정말 잘났다고 생각하는 모양이다.

어쨌든 나 역시 저절로 미소가 지어졌다.

"그럼 잘 가. 난 이제 밥 버리고 갈래."

이 밥, 환장하겠다.

배가 너무 고파 뱃가죽이 등에 붙지 않는 한 이 음식을 다 먹을 리가 없다.

흉터괴물은 뒤를 돌아 세네 걸음을 갔다. 그러다 그의 걸음이 느려졌다. 이후 그는 머리를 긁적이며 자리에서 멈췄다.

그의 표정은 보이지 않았지만 무슨 생각을 하고 있는지는 눈에 뻔했다.

시간이 조금 더 흘러서야 놈은 나에게 달려왔다. 정말 짐승 같은 속도로……

"야! 이게 아니잖아! 일정의 빈틈을 찾아야 하는데, 내가 이미 알고 있는 사실을 말하면 어떻게 하자는 거냐?!"

"할 말 다 했던 거 아니었어?"

나는 태연하게 물었다.

물론 자기가 한 말을 지키겠다고 물러설 흉터괴물이 아니었다.

"더 이상 장난은 치지 마라. 1주 넘게 그를 지켜봤으니 그에게도 남는 시간이 있을 것이다. 혼자 있거나 소수의 사람이 있는 그런 시간. 잘 떠올려라."

'그렇지 않으면 각오하도록' 이라는 말이 생략되어 있다고 느껴질 정도로 놈의 진갈색 눈동자는 위험하게 반짝였다.

나는 정말로 기억을 더듬어보았다.

하지만 사실 난 남자의 일정 따위에는 관심이 없었다. 상급생이나 동급생, 그 누구에게도 관심이 없었다. 그나마 조금 생각을 하는 사람이 있다면 착한몸매와 환상얼굴 정도?

마빡대표는 그 두 사람이 아니었다.

아무리 생각을 해도 아무런 정보가 나오지 않자 나는 그에게 제안했다.

"물어볼까? 대답해 줄지도 모르잖아."

마빡대표는 주몬 테이블의 가장 왼쪽에서 환상얼굴과 마주 보며 밥을 먹고 있었다.

"……!"

흉터괴물이 '왜 그걸 생각 못했지?' 라는 표정을 지어 보이자, 나는 음식을 버리러 갈 겸해서 마빡대표의 쪽으로 걸어갔다.

"크리스, 안녕!"

내가 다가가자 환상얼굴이 반갑게 인사를 했다. 언제나 그렇지만 그녀의 큰 눈은 매력적이었다.

나는 간단하게 '그래', 아니면 '안녕' 이라고 말하면 되는 걸 타이밍을 놓쳐 어정쩡하게 고개를 끄덕여 버렸다. 내가 항상 당황하는 건 갑자기 그녀와 마주칠 때였다. 어느 정도 면역이 되면 그럭저럭 평범하게 대할 수 있을 텐데, 이런 모습의 나는 꼴불견이었다.

나는 일단 그들을 지나 음식을 먼저 버렸다.

"……."

나는 음식 쓰레기통을 보면서 혀를 찼다.

'평민들, 음식도 안 버려."

음식 쓰레기통은 완전히 비어 있었다. 아직 아무도 음식을 버리지 않았다는 말이다.

나는 식판을 한곳에 놓고 뒤를 돌아봤다.

“……”

저 뒤에서 흉터괴물이 살벌하게 노려보고 있었다. ‘뭐 하고 있냐? 죽고 잡냐?’ 라고 말하고 있었다.

나는 조심스럽게 마빡대표에게 다가갔다. 유난히 이마가 번들거리고 있었다.

“……?”

내가 다가가자 그가 나를 올려다봤다.

“언제 시간이 비어?”

“다음 주 점심 먹고 비는 거 같은데, 왜?”

“……”

이거 뭐, 생각할 시간도 없이 답이 딱 나오니까 당황스럽다.

‘왜?’

“……”

이건 미처 생각하지 못한 부분이었다.

그의 갈색 눈과 마주치니 딱히 떠오르는 거짓말이 없었다.

“저기, 흉터괴물이 물어봐서.”

쿠삭은 고개를 갸웃거렸다.

“흉터괴물?”

나는 저 멀리에 있는 흉터괴물을 가리켰다. 그러자 마빡대표는 미소를 지으며 고개를 끄덕였다.

"안톤이? 후후, 어떻게 된 일인지 대충 알겠네. 어쨌든 사전에 알려줘서 고맙다."

나는 어깨를 한 번 으쓱했다.

마빡대표가 흉터괴물의 비밀 계획을 알아버린 게 조금 꺼림칙하기는 했지만, 뭐, 흉터괴물만 모르면 되는 거 아닌가?

나는 흉터괴물에게 당당히 걸어갔다.

흉터괴물은 나의 미소에 녀석 역시 특유의 살인 미소를 지었다. 단어 그대로의 '살인 미소'를 말이다.

"어떻게 됐지?"

"다음 주 점심 먹고 시간이 빈대. 그러니까 대표가 점심 먹을 때부터 졸졸 따라다니면 돼."

"정말?"

나는 '나만 믿어'라는 확신에 찬 표정으로 고개를 끄덕였다.

내 확실한 대답에 흉터괴물 역시 더 이상 의심을 하는 얼굴이 아니었다.

팍팍.

놈은 여전히 살인 미소를 띤 채로 내 어깨를 두들겼다.

"우리 사이가 앞으로 좋은 쪽으로 발전할 것 같은 느낌이

든다. 앞으로도 부탁한다."

자기 딴에는 멋있는 놈 역할을 하려고 했던 것일까?

유유히 급식실을 벗어나는 놈을 보며 느껴지는 감정이 오묘했다.

"글쎄, 과연 그럴까?"

뭐, 일이 어떻게 되든 내가 신경 쓸 바가 아니다.

"후후."

근데 웃음이 나오는 건 왜일까?

7

"……."

나는 정신적인 공황 상태를 겪고 있었다.

항상 그렇듯, 발레키의 수업을 다 들은 직후에는 정신이 멍했다.

발레키의 수업은 그냥 쉬는 게 아니었다.

심력을 모두 고갈하는 아주 어려운 수업 중 하나였다.

차라리 뻣뻣대마왕처럼 체력을 고갈시키는 수업이었으면 좋았을 텐데, 이 심력이 고갈되는 느낌은 참으로 말로 형용할 수 없을 정도로 싫었다.

나는 룸메이트가 없는 방에 쓸쓸히 누워 있었다. 예전에는 항상 네 명이나 되는 룸메이트가 있어서 몰랐는데, 혼자서 방 구석에 처박혀 있는 건 상당히 괴로운 일이었다.

그래서 예전에는 항상 파티에도 참석하고, 친구들과 이리 저리 어울려 다녔고, 어쩔 수 없이 집에 있어야 하면 하녀를 갈구는 충실한 일과를 소화했는데…….

나는 자리에서 일어났다.

처량하게 누워 있다 보니 내가 너무 감성적으로 변하는 느 낌이었다.

점심 식사 시간이라서 그런지 로비는 한산했다.

정말 이 평민들은 먹을 거라면 사족을 못 쓴다.

난 기숙사를 나왔다. 기숙사의 복도를 지나면 양쪽으로 강 의실들이 있었고, 그 중앙에는 계단이 있었다. 난 계단을 통 해 바람도 조금 쐴 겸 바깥으로 나갈 생각이었다.

그때였다.

다다다다!

쾅!

쉬익!

갑자기 두 명이 내 눈앞에 나타났다. 분명히 방금 전까지는 그 어디에도 보이지 않았는데 벌써 내 옆에 와서 살벌하게 검 을 휘두르고 있었다.

내 키 정도로 길고 두꺼운 양손 대검을 휘두르는 2m 넘는

덩치의 흉터괴물은 마빡대표의 평범한 검을 완전히 깨부수려
는 태세였다.

"……."

믿을 수가 없었다.

눈을 한 번 깜빡이자 벌써 저만치에서 검을 휘두르고 있었
다.

흉터괴물은 특유의 짐승 스텝으로 성큼성큼 거리를 단축
시키며, 있는 힘껏 양손 대검으로 마빡대표를 양분할 듯한 기
세로 밀어붙였다.

일검에 깨끗하게 몸이 양분될 것만 같던 마빡대표는 놈의
검을 흘렸다. 그 양손 대검을 흘리려면 상당한 용기와 적절
한 힘의 분배가 필요할 텐데, 마빡대표는 아무런 어려움 없
이 그걸 해냄은 물론 스텝으로 좋은 자리를 점하기까지 했
다.

캉!

마빡대표는 흉터괴물처럼 볼거리가 있는 검술을 펼치지지
는 않았다. 흉터괴물은 보기만 해도 입이 떡 벌어질 정도의
무시무시한 검술을 펼쳤지만, 마빡대표는 군더더기없는 검술
로 적당하게 쳐내거나 반격기를 사용했다.

흉터괴물은 발을 한 번에 넓게 벌려 성큼성큼 다가가거나
물러나는 스텝을 사용했지만, 마빡대표는 반대로 작은 걸음

을 여러 번 적절하게 이용하여 흉터괴물의 사각을 괴롭혔다.

캉!

휙!

쾅!

사사삭!

"……."

가만히 보고만 있어도 입이 쫙 벌어진 채 아무 생각도 나지 않았다.

나는 그들의 검술을 보면서 더 이상 나를 놀라게 할 만한 게 없을 줄 알았다.

하지만 그건 나의 착각이었다.

사삭.

갑자기 흉터괴물의 큰 몸이 꿈틀거리더니 잔상만을 남기곤 사라졌다.

"……."

주위를 황급히 둘러보는데, 어느새 흉터괴물은 마빡대표와 벌어졌던 거리를 단숨에 좁힘은 물론,

콰과과광!

마치 번개가 치는 듯한 착각이 들 정도로 강렬한 힘이 놈의 양손 대검에 휩싸여 마빡대표의 검을 때렸다.

지잉!

마빡대표의 검을 둘러싼 옅은 막에 의해 양손 대검의 그 거대한 힘이 흩어졌다.

정말 놀라운 장면이었다.

마빡대표는 그 대검을 정면으로 막아내어 힘겨운지 식은땀을 줄줄 흘리고 있었다. 안색 역시 그렇게 좋지 못했다.

마빡대표는 그의 얇은 입술을 열었다.

"생체 에너지를 사용한 폭력은 금지인데?"

흉터괴물은 특유의 살인 미소를 띠었다.

"이미 사용했다. 그리고 폭력이라니, 정식 대련이지."

마빡대표 역시 미소를 지었다.

"정말 해보자는 거지?"

말하는 것조차 힘겨워 보이는 그였지만, 그의 눈빛이 미묘하게 바뀌었다. 물론 그의 검에서 뿜어져 나오던 기운 역시 무거워졌다.

그와 동시에 흉터괴물의 기운은 폭발적으로 느껴졌다. 살짝만 건드려도 크게 폭발을 일으킬 것만 같은 느낌이라고나 할까?

일촉즉발의 팽팽한 긴장 상태는 끝을 보일 기미가 없었다.

먼저 움직인 건 역시나 흉터괴물이었다.

콰과과광!

그의 검은 다시 한 번 스파크를 일으키며 위에서 아래로 온 몸무게를 싣고 마빡대표를 향해 내리찍어 갔다.

내 눈에도 간신히 보이는 놈의 빠른 공격이 마빡대표에게는 느리게 보였는지, 그는 이미 그 공격권에서 완전히 벗어나 흉터괴물의 뒤에서 나타났다.

"……."

흉터괴물의 검은 바닥을 내리찍었는데, 단단한 암석을 깎아 만든 바닥이 반으로 쩍 갈라졌다. 다행히 바닥이 충분히 두꺼웠는지 아래층은 보이지 않았지만, 그래도 검으로 암석을 가르다니!

생체 에너지는 불가능을 가능으로 만든다고 했던가?

조금이나마 그 경지를 목격한 것 같았다.

그때, 마빡대표의 공세가 시작되었다.

주문의 기본 개념은 방어인 줄 알았는데 마빡대표의 검술을 보니까 꼭 그런 것만은 아닌 것 같았다.

마빡대표의 검이 뿌연 안개와도 같은 것에 둘러싸였다. 그리고 그는 연격기를 사용하기 시작했다. 간혹 가다가 일자 베기와 십자 베기가 보였지만, 대부분은 내가 알지 못하는 고난이도 동작들이었다.

쉴 틈 없이 찌르고, 베고, 길게 휘두르고, 짧게 쳐내는 동작이 무한대로 이어졌다.

그러다 보니 자연스럽게 흉터괴물이 궁지에 몰리게 되었다.

내가 봐도 그의 양손 대검은 마빡대표의 검만큼 빠르고 자유자재로 움직일 수 있는 것으로 보이지 않았다.

처음에는 몇 번 막아내다가 결국에는 이리저리 피하기에 급급했다.

'호오, 멋있네?'

마빡대표에게 여러 면모가 있다는 건 알았지만, 저런 식으로 검술을 펼치는 모습을 보니까 새삼스레 놈이 멋있게 느껴진다.

물론 그건 흉터괴물에게도 해당되었다.

머리가 2% 부족한 게 아니라 98% 정도 모자라기는 했지만, 검술에서만큼은 살벌했다. 그의 검에 맞으면 몸이 양분되는 게 아니라 폭파될 것만 같은 느낌이 들었다.

흉터괴물은 계속해서 도망치지 않았다.

퍽!

흉터괴물은 그의 긴 다리로 마빡대표의 다리를 걸어찼다. 단번에 깨진 마빡대표의 균형은 빠르게 회복되었지만, 그 찰나에 공세는 흉터괴물에게 넘어갔다.

콰과과광!

왠지 스파크가 더 강렬하게 일어난다는 착각이 들었다. 이전보다 그 속도가 더 빨라 보이기도 했다.

이번에는 마빡대표가 피해낼 시간이 없었다.

지잉!

다시 한 번 마빡대표의 검에서 옅은 막이 생성되더니 흉터괴물의 검을 무산시켰다. 그 장면을 두 번째 보았지만 도대체 어떻게 한 건지 짐작조차 할 수 없었다.

"헉헉!"

"하아아!"

마빡대표의 안색 역시 초췌하기 짝이 없었지만 흉터괴물 역시 크게 다르지 않았다. 둘 다 숨을 가쁘게 쉬고 있었고, 온몸이 땀 범벅이었다.

이 모든 일은 칠 분가량밖에 소요하지 않았다.

그 칠 분으로 놈들은 숨이 넘어갈 듯해 보였다.

"……."

순간 내가 마빡대표를 무시했던 것과 흉터괴물을 놀렸던 장면들이 머릿속을 스쳐 지나갔다.

"……."

난 내가 지금까지 살아 있음에 감사했다.

둘은 잠시 소강상태를 가졌다.

가만히 지켜보고 있는 내가 지칠 정도인데 그 장면을 직접 재현한 이들은 오죽했을까?

하지만 휴식은 길지 않았다.

이번에는 마빡대표가 먼저 움직였다.

분명히 그는 왼쪽으로 거리를 좁히고 있었는데, 살짝 몸이 떨린다 싶더니 어느새 오른쪽에서 검을 여러 번 찌르고 있었다.

흉터괴물은 찰나에 수십 번 찔러 들어오는 검을 한 번에 세차게 막아내었다.

"……."

저런 게 가능할 줄은 몰랐다.

흉터괴물은 그의 양손 대검을 있는 힘껏 휘둘러 마빡대표의 검을 정말 세게 쳐냈다.

그 충돌 지점에서 시작해 마빡대표의 팔까지 전해지는 떨림은 내 눈에도 보일 정도로 선명했다.

다시 한 번 마빡대표의 균형이 깨졌다.

그리고 공세는 다시 흉터괴물에게 넘어갔다.

흉터괴물이 성큼성큼 단번에 거리를 좁히는 걸 보고 이번 역시 그 '콰과과광' 기술을 써먹을 줄 알았는데…….

휘이, 쾅!

흉터괴물은 반 바퀴를 돌더니 스파크를 일으키며 마빡대표에게 검을 휘둘렀다. 이번에는 내리찍기가 아니라 베기였다.

'저런 공격도 있구나!'

정말 개안을 하는 느낌이었다.

흉터괴물은 특유의 스파크와 함께 원심력, 그리고 놈의 폭발적인 힘을 적절하게 배합하여 보기만 해도 시원한 공격을 마빡대표에게 먹였다.

콰앙!

이번에는 공격이 제대로 먹혔다. 물론 마빡대표가 막아냈지만, 그 '지잉' 하는 독특한 방어막을 미처 생성하기도 전에 검을 막아 그 충격에 의해 5m 밖에 있는 벽에 부딪쳤다.

벽이 무너지는 건 아닌지 의심될 정도로 그 충격은 상당해 보였다.

보는 나 역시 그 충격이 고스란히 느껴지는 기분이랄까?

표정이 저절로 일그러졌다.

"쿨럭!"

마빡대표는 피를 한 움큼 토해냈다.

그의 표정이 처참하게 일그러져 있었다.

그때 다시 공격을 할 법한 흉터괴물은 씩씩거리며 숨을 몰아쉬고 있었다.

그 역시 무리한 공격이었는지 안색이 파리했다. 물론 마빡대표보다는 상황이 좋았지만 이후의 공격을 위해 잠시 쉬는 모양이었다.

"……"

사고가 정지하는 느낌이었다. 모든 일이 내 잘못으로 느껴졌다. 내가 마빡대표의 비는 시간을 알아냈고, 그걸 흉터괴물에게 알려주었다.

답답한 가운데 뇌리를 스치는 의문이 있었다.

'뒤통수를 때린다는 게 겨우 일 대 일 대련이었어?

난 흉터괴물이 뒤통수를 어쩌고저쩌고 연연하기에 여러 명을 데려와 마빡대표를 손보려는 건 줄 알았다. 그리고 마빡대표에게 말했을 때도 그가 그런 식으로 받아들인 줄 알았다.

하지만 정작 흉터괴물은 당당하게 일 대 일로 덤볐다.

생각해 보면 당연했다.

흉터괴물은 상당히 남성다웠다. 조금 덜떨어진 부분을 빼고는 호탕하다고나 할까?

쿵쿵!

바닥이 약해져서일까?

흉터괴물의 걸음 소리가 유난히 크게 들렸다.

흉터괴물이 마빡대표를 향해 한 걸음 한 걸음 천천히 다가가기 시작했다.

두근두근.

심장이 미친 듯이 뛰기 시작했다.

내가 막지 않으면 뭔가 큰일이 벌어질 것만 같은 느낌이었다.

하지만 나는 지켜볼 수밖에 없었다.

차마 다가갈 수가 없었다.

아직도 놈의 스파크에 가득 찬 검이 머리에서 잊혀지지를 않았다.

"꼴불견이군."

흉터괴물은 미소를 짓지도, 그렇다고 기쁨을 표시하지도 않았다.

단순히 무미건조한 음성으로 말할 뿐이었다.

반대로 마빡대표는 미소를 지었다.

"아직 끝이 아니야."

사삭.

벽에 간신히 기대고 숨을 거칠게 몰아쉬던 건 모두 연기였을까?

마빡대표가 갑자기 사라졌다.

아니, 사라진 것처럼 보였다. 그가 다시 모습을 나타낸 건 흉터괴물의 좌측에서였다.

"……!"

마빡대표는 말로 표현하기 힘든 검술을 선보이기 시작했다.

절도있게 검을 휘두른다고나 할까?

일정한 박자로 딱, 딱 검을 휘두르기 시작하는데, 흉터괴물이 검을 흘리든지 막아내든지 그의 검은 계속해서 사각을 노리고 있었다.

캉캉!

왼쪽, 오른쪽.

거의 번갈아가면서 휘두르는 데도 흉터괴물은 막아내는 게 어려워 보였다. 일정한 페이스가 있는데, 그 페이스에 맞추지 못하면 시간이 흐를수록 막는 데 급급해지고, 결국에는 막아내지 못하는 공격이 있게 된다.

삭.

왼쪽 갈비 쪽을 노리는 검을 미처 막아내지 못해 흉터괴물은 황급히 몸을 틀었지만…….

"큭!"

검이 깊숙하게 베어 들어갔다.

그 단단해 보이던 흉터괴물의 몸도 검을 맞으면 어쩔 수 없나 보다.

놈의 갈비뼈가 하얗게 드러날 정도로 그는 깊은 상처를 입었다.

그 상처를 보자 마빡대표는 거리를 벌였다.

상처는 심했지만 피가 많이 나지는 않았다.

마빡대표는 상처를 살피는 흉터괴물을 가만히 바라봤다. 항복하기를 기다리는 모양이다.

그때였다.

푸식.

갑자기 피가 솟구쳤다. 검에 스친 핏줄이 결국에는 혈압을 이기지 못하고 터진 걸까?

흉터괴물의 갈비 쪽에서 피가 솟구치기 시작했다.

그는 황급히 손으로 상처 부위를 막았다.

아무리 놈의 손이 크고 힘 역시 좋다지만 저렇게 억지로 상처 위에 손을 얹으면 고통이 상당할 테고, 저런 식으로는 피를 멈추게 할 수 없…….

"……."

놈은 상처가 벌어지지 않게 왼손으로 막았다. 말 그대로 막았다.

고통에 그의 얼굴이 처참하게 일그러졌지만, 그래도 놈은 버텨내고 있었다.

"의료원에 가라. 상처가 심해지면 재활이 불가능해질지도 모른다."

마빡대표의 눈은 여전히 차갑게 식어 있었다.

특별히 걱정하는 눈치는 아니었다. 단지 '계속해서 하겠다면 죽일지도 모른다' 라는 생각에 예의상 경고를 하는 사람

같았다.

나는 또다시 이들을 말려야 하나 심각하게 고민해야 했다.

이내 고개를 세차게 저었다.

아까는 흉터괴물의 포스가 상당해서 어쩔 수 없었지만, 지금은 마빡대표의 분위기가 아까의 흉터괴물 못지않았다. 아까도 포기했는데 지금이라고 다를까.

"……!"

흉터괴물은 그의 양손 대검을 한 손으로 들었다. 믿을 수가 없었다. 애초에 흉터괴물은 그 양손 대검을 두 손으로 다루었다. 그 무식하게 힘이 센 흉터괴물이 두 손을 사용해야 할 만큼 검이 무거웠다는 말인데…….

휘이휘이!

흉터괴물은 왼손으로 상처를 막고 있는 불안정한 자세에서도 검을 자유롭게 놀리고 있었다. 그의 오른쪽 팔의 힘줄이 끊어질 듯 심하게 꿈틀거렸지만 놈은 여유로워 보였다.

'괴물들.'

그들에 대한 감상평은 간단했다.

이들은 나와 같은 사람이 아니었다. 사실은 지구를 정복하기 위해서 외계에서 내려온 능력자들이 요하네스에 잠복한 것이고, 검사의 신분을 얻기 위해…….

'정신 차리자!'

짜악!

나는 내 볼을 때렸다. 미쳐 가고 있는 게 아닌가 싶었다.

하지만 두 눈으로 직접 보고 있는 나도 그들의 무위를 믿기 힘들었다.

쿵쿵!

흉터괴물은 마빡대표를 향해 천천히 걸어가기 시작했다.

당장에도 쓰러질 것만 같아 가슴이 두근거렸지만 그는 용케 마빡대표의 코앞에 도착할 수 있었다. 그는 '고통에 가득 차 있지만 남자는 멋있어 보여야 하니까 웃는' 그런 억지스러운 미소를 지었다.

"……."

한심하기 짝이 없었다.

"이제 3라운드를 시작해 볼까?"

"좋아."

나는 흉터괴물이 자살 선언을 했다는 것보다도 라운드 따지기에 바빴다.

'1라운드는 흉터괴물 승, 2라운드는 마빡대표 대승이던가?'

순서상은 흉터괴물이 승을 딸 차례인데 놈의 비틀거리는 모습을 보면…….

‘죽겠군.’

놈과의 짧은 인연이었지만 어째 죽으면 굉장히 그리울 것 같았다.

놀리는 맛이 있는 상급생이었는데.

콰과과광!

흉터괴물의 최후의 발악이 시작되었다.

마빡대표의 대답이 떨어지자마자 흉터괴물은 오른손만으로 그 무지막지하게 긴 양손 대검을 들고 마빡대표를 내리찍었다.

순식간이었다.

카가강!

마빡대표는 미처 피하지 못하고 흉터괴물의 공격을 정면으로 막았다.

처음에는 한 손으로 잘 막는 듯싶다가 흉터괴물이 몸무게를 싣자 마빡대표는 남은 왼손으로 검끝을 받쳐 막기 시작했다.

검에는 힘이 집중되는 순간이 따로 있다. 보통은 검이 부딪치는 그 순간이다. 하지만 흉터괴물은 중간에 몸무게로 한 번 더 찍어눌러 힘이 집중되는 순간을 두 번으로 늘렸다.

그렇게 함으로써 마빡대표가 검을 회수하거나 옆으로 피

할 겨를을 없앴다.

콰과과강!

그때 흉터괴물은 이를 악물고 연격기를 먹였다.

큰 스파크를 일으키는 그의 기둥 같은 검이 그대로 마빡대표의 검을 때렸다.

카캉!

"……."

흉터괴물의 무식한 검에 마빡대표의 검이 정확하게 두 동강 났다.

사실 보통 검이 흉터괴물의 두껍고 큰 검을 제대로 막아낸다는 것 자체가 불가능했다.

'3라운드 흉터괴물 승?'

마빡대표는 눈을 질끈 감았다.

최후를 맞이하는 꽤나 숭고한 기사의 모습이었다.

마빡대표의 체념한 듯한 얼굴에 흉터괴물은 승리를 잠시 만끽하는 모습이었다.

"크큭, 내 승리다. 앞으로 바알의 일원을 보면 깍듯하게 인사하… 윽!"

마빡대표가 갑자기 흉터괴물의 상처에 주먹을 꽂아 넣었다.

"……."

순식간에 벌어진 일이었다. 그 고통은 흉터괴물에게도 상당했는지 놈은 검을 떨어뜨렸다. 그 틈을 타 마빡대표는 그 양손 대검을 발로 멀리 차버렸다.

'저 치사한 놈!'

숭고한 기사는커녕, 하류 조직의 쓰레기나 쓸 법한 속임수를 쓰는 마빡대표를 보며 나는 할 말을 잃었다.

퍽!

마빡대표는 대검을 차버렸던 발로 한 바퀴를 돌면서 흉터괴물의 얼굴에 걸어찼다.

'윽!'

가만히 보고 있는 나까지도 그 고통이 전해질 정도로 그 발차기는 제대로 먹혔다.

하지만 흉터괴물은 쓰러지지 않았다. 대신 크게 한 번 휘청거리기는 했다. 마빡대표에게는 그 정도의 틈이면 충분했다.

마빡대표는 다시 한 번 주먹으로 흉터괴물의 상처를 노리고 들었다.

탁!

그러나 안타깝게도 마빡대표의 주먹은 흉터괴물의 손에 의해 간단하게 쳐내졌다. 흉터괴물의 손은 정말 어마어마하게 컸다. 마빡대표와 비교하면 어른과 아이의 차이라고 할까?

"쯧쯧."

나는 저절로 혀가 차졌다.

흉터괴물을 상대로 육탄전을 시도하는 마빡대표가 너무도 안쓰러웠다.

이제는 안 봐도 눈에 선했다.

퍽!

흉터괴물의 살인 병기에 가까운 주먹이 마빡대표의 얼굴에 정확하게 꽂혔다.

목이 부러진 건 아닐까 하는 의심이 들 정도로 마빡대표의 고개가 홱 돌아갔다.

그때 흉터괴물이 오른쪽 팔로 마빡대표의 허리를 휘감았다.

"……."

마빡대표는 장난감이 되어 흉터괴물에게 휘둘렸다. 말 그대로 휘둘렸다. 보는 내가 어지러울 정도로 한참을 돌더니…….

쾅!

흉터괴물은 마빡대표를 바닥에 꽂았다. 그것도 머리에서부터 바닥에 닿도록 힘껏 꽂았다. 아직까지는 정신을 잃지 않았는지 마빡대표는 머리를 앞으로 젖혀 목이 바닥에 먼저 닿게 했는데…….

"윽."

그 자세 역시 편해 보이지는 않았다.

마빡대표는 반쯤 풀린 눈으로 자리에서 벌떡 일어났다. 아직 어지러운 느낌이 남아서인지 가만히 있지를 못했다.

"윽!"

그때 흉터괴물이 이번에는 작정을 하고 때릴 마음인지 주먹을 뒤로 쭉 뺐다.

"오!"

그때 마빡대표가 뒤로 돌아 흉터괴물의 상처를 세게 찼다.

"큭!"

세게 얻어맞은 흉터괴물의 눈 역시 반쯤 풀렸다.

그때 둘은 잠시 서로를 마주 봤다.

"……."

멀리서 보고 있는 나에게도 그들의 살기가 그대로 느껴졌다.

이제는 말리지 않으면 아주 심각한, 되돌릴 수 없는 일이 벌어질 것만 같았다.

하지만 이번에도 나는 포기했다.

이제는 상대가 하나가 아니었다. 둘 다 살벌한 분위기를 자아내고 있었다.

퍽퍽퍽퍽!

그들은 이성의 끈이 끊어진 채로 마구잡이로 주먹을 휘두르고 있었다.

마빡대표는 이리저리 피하기도 하고 몇 대 얻어맞기도 하면서 얼굴이 부르트고 있었다. 흉터괴물은 피하지 않았다. 그의 탄탄한 근육은 정말 든든한 갑옷 같았다.

하지만 보기보다 마빡대표의 주먹과 발이 무서운지 상처는 벌어져 그의 손 틈으로 피가 줄줄 흘러내리기 시작했고, 얼굴은…….

'괴물의 얼굴도 저렇게 못생기지는 않았을 거야.'

심의에 걸릴까 무서워 묘사를 못하겠다.

퍽퍽퍽퍽!

육탄전은 점점 꼴불견이 되어가고 있었다. 처음에는 꽤나 멋진 공격을 몇 차례 선보이더니, 이제는 눈도 제대로 안 뜬 상태로 아무렇게나 주먹을 휘두르고 있었다.

하지만 그렇게 맞는 주먹이 더 아프다고, 놈들의 얼굴은 피투성이가 되어가고 있었다.

이젠 그들이 정말 죽는 게 아닌가 싶었다.

시간이 흐를수록 놈들의 체력은 급속도로 떨어지는 것 같았다. 그럼에도 불구하고 놈들은 악을 쓰며 서로의 얼굴에 주먹을 한 번씩 더 꽂아 넣었다.

어느새 두 놈 다 두 다리를 휘청거리며 간신히 서 있었다.

둘은 피에 젖은 미소를 지으면서 서로를 가만히 바라봤다.

"……."

이번에는 정말 끝내려는 건지 둘은 서로를 향해 전력질주했다.

"아아아아!"

"크오오오!"

눈뜨고 못 볼 꼴불견이 재현되고 있었다.

흉터괴물의 긴 팔 때문에 그의 주먹이 마빡대표의 얼굴에 먼저 닿을 듯했다.

하지만 마빡대표는 살짝 얼굴을 틀어 그의 주먹을 피했다. 아직도 그 정도의 기력이 남아 있었는지 몰랐기에 감탄할 수밖에 없었다.

마빡대표는 놈이 주먹으로 다시 자기를 때리려 준비하기 전에 팔꿈치를 휘둘러 흉터괴물의 얼굴을 가격하려 했다.

그때 흉터괴물은 무릎으로 마빡대표의 얼굴을 후려치려 하고 있었다.

"꿀꺽."

숨막히는 순간이었다.

누구든 상대에게 먼저 공격을 먹이는 쪽이 이 치열한 사투의 승자일 것이다.

퍽!

빠직!

둘의 공격은 정확하게 똑같이 서로에게 먹혔다.

마빡대표의 팔꿈치 공격을 맞은 흉터괴물의 턱은 더 이상 제자리에 위치해 있지 않았다. 꽤나 큰 충격이었는지 그의 큰 몸이 바닥에 쓰러졌다.

"……."

끔찍하기 짝이 없는 광경이었다.

반면 흉터괴물의 무시무시한 니킥을 얻어맞은 마빡대표는 약 30㎝ 정도 떠 공중부양을 시현하더니 고개가 뒤로 획 돌아가 바닥에 꽂혔다. 자세히 보니까 놈의 앞니 중 하나가 동강이 나 바닥에 떨어져 있었다.

"……."

역시 처참하기 짝이 없는 모습이었다.

'죽었나?'

둘은 쓰러진 지 한참이 지났건만 꿈틀거리지도 않았다.

서늘한 바람이 등을 스쳐 지나간다.

나는 고개를 세차게 저어 그 불안한 생각을 떨쳐 버렸다.

죽었을 리가 없다.

나는 천천히 놈들을 향해 걸어갔다. 가까이 가고 싶지 않은

마음이 굴뚝같기는 했지만, 역시나 나는 호기심에 가득 찬 사
내였다.

잠시 맥박만 확인한다고 큰일이 생기는 것도 아니고…….

쿵쾅쿵쾅!

놈들에게 가까이 다가갈수록 내 심장은 더욱 크게 뛰기만
했다.

"야, 야! 죽었냐?"

나는 먼저 한 번 불러봤다.

"……"

하지만 아무런 대답도 들려오지 않았다.

나는 바닥에 쪼그려 앉아 마빡대표의 몸을 손가락으로 찔
러봤다.

"끄응."

"……!"

갑작스런 반응에 나는 엉덩방아를 찧었다. 그렇지만 아직
마빡대표가 살아 있다는 사실에 안도의 한숨을 쉬었다.

이번에는 살짝 옆으로 가 흉터괴물을 찔러봤다.

"아아, 조금 더 살살~"

"……"

괜히 찔러봤다.

퍽!

내 머리를 추접스러운 장면으로 도배한 흉터괴물의 얼굴을 밟아 보복했다.

"헤헤, 과격한데?"

"……."

잠시 몸이 굳었다.

물론 잠시였다.

퍽퍽퍽퍽!

나는 놈을 마구 밟았다. 저런 놈은 이 세상의 모든 여성 혹은 남성을 위해 죽어야 한다.

어느 정도 속이 후련해지려는 찰나였다.

또각또각!

누군가가 계단을 통해 올라왔다.

하지만 나는 여전히 인류 말종 처벌의 성스러운 작업에 몰두하고 있었기 때문에 신경 쓸 겨를이 없었다.

그렇게 스무 번을 더 밟았을 때였을까?

섬뜩한 느낌이 내 뒤통수를 때렸다.

절대로 돌아보지 말라는 느낌이 팍팍 들었다.

그렇지만 모두가 알 듯 나는 호기심의 사나이였다. 무서운 것보다는 궁금한 걸 더 못 참았다.

나는 천천히 뒤를 돌아봤다.

"……!"

나는 무서운 것보다는 궁금한 걸 더 못 참는 이 빌어먹을 습관을 반드시 고쳐야겠다고 마음먹었다.

"뻣뻣대마왕!"

나를 한 번 보고 바닥에 누워 있는 두 상급생을 보더니 나와 그들을 번갈아보는 사람은 뻣뻣대마왕이었다. 그의 검은 눈동자는 정말 무서웠다.

나는 황급히 두 팔을 저었다.

"이, 이게 네가 생각하는 그런 장면이 아니야!"

내 발이 흉터괴물의 얼굴 바로 위에 얹어 있어 충분히 오해할 수 있는 장면이었지만, 절대로 내가 상급생을 때려눕혔다는 식으로 놈이 받아들여서는 안 되었다.

뻣뻣대마왕은 고개를 갸웃거렸다.

"내가 생각하는 장면이 무엇인지 알고 있나?"

"그래! 내가 이놈들을 때려눕혔다고 생각하고 있을 거 아니야! 둘은 서로 싸우다가 이렇게 된 거야! 나는 단순히 흉터괴물에게 쌓인 게 많아서 놈이 기절한 틈을 타 밟고 있는 것뿐이라고!"

"……."

뻣뻣대마왕은 내 말을 조금도 믿지 않는 눈치였다.

뻣뻣대마왕은 턱을 괴었다.

"그 말을 믿으라는 건가?"

"그래!"

"……."

어색한 정적이 흘렀다.

나는 흉터괴물의 얼굴 위에서 멈춘 내 발을 다시 내 남은 발 옆에 내려놓았다.

주위를 둘러봤다.

주위에는 아무도 없었으며, 마빡대표와 흉터괴물이 내 밑에 누워 있었다. 그리고 나는 흉터괴물의 얼굴을 무진장 밟고 있었다.

여기까지가 아마 뻣뻣대마왕이 알고 있는 부분이리라.

"……."

생각할 것도 없었다.

'용의자가 나밖에 없잖아!'

그때 뻣뻣대마왕의 음성이 들렸다.

"정리해 보도록 하겠다. 네 말에 따르자면 이 둘은 싸우고 있었다. 물론 네 개입은 조금도 없었다. 맞나?"

나는 고개를 끄덕였다.

"이 복도를 초토화시킨 둘은 우연히 서로 동시에 기절하게 되었다. 맞나?"

고개가 약간 갸웃거려진다.

듣고 보니 참 희한한 상황이었다.

나는 천천히 고개를 끄덕였다.

"그리고 우연히 지나가게 된 너는 평소에 마음에 안 들던 상급생이 기절해 있는 것을 보고 밟기 시작했다. 맞나?"

이거 듣고 보니 급조된 거짓말 같잖아!

나는 얼떨떨한 표정으로 고개를 끄덕였다.

뺏뺏대마왕은 한숨을 쉬었다.

"앞으로는 조금 생각하고 변명을 하도록."

"……."

사실을 말하고 있었다. 하지만 뺏뺏대마왕의 말에 반박할 거리를 찾을 수가 없었다.

어색한 정적이 흘렀다.

그것도 잠시만.

"내일 저녁 먹고 벌이다. 알겠나?"

"내가 왜 벌을 받아? 내 잘못이 아니라니까!"

지난번에 뺏뺏대마왕에게 벌을 받은 적이 있었다. 다시 기억하고 싶지 않은 그런 끔찍한 기억이었다.

"모든 무덤에는 눈물 없이는 들을 수 없는 이유가 있지."

"……."

저번에도 저 말로써 나를 설득시켰는데, 똑같은 레퍼토리를 사용하다니.

나는 머리를 식히고는 상황을 정리했다.

뻣뻣대마왕의 눈썹이 살짝 떨리고 있는 걸 보면 분명 놈은 나를 '뻣뻣대마왕표 암수'에 빠뜨리고 있는 것이었다(똑같은 방법에 수도 없이 당하지는 않는다). 분명히 빈틈이 있을 것이다.

"……!"

나는 바닥에 누워 있는 상급생들을 바라보며 그 빈틈을 쉽게 찾을 수 있었다.

나는 미소를 지었다.

"근데……."

내 표정을 보며 살짝 굳는 뻣뻣대마왕의 얼굴은 언제나 그렇듯 감상할 가치가 있었다.

"내가 지금 바알과 주몬의 대표를 때려눕힐 수 있을 것 같냐? 내가 아무리 천재라고 하지만 입학한 지 겨우 4개월이 넘었어. 이제 4단계에 올라온 저 녀석들은 6년 4개월이 넘었단 말이야. 그것도 대표니까 꽤나 재능이 출중한 놈들이겠지?"

출중한 정도가 아니고 저런 괴물들은 감옥에 처박아야 한다.

저런 위험한 것들은 이 세상에 존재하면 안 된다.

놈들의 무위가 아직도 머리에서 지워지지 않아 고개를 세차게 저었다.

일단은 점점 굳어가는 뻣뻣대마왕의 표정을 음미할 때였다.

"이제 다시 말해봐. 내가 왜 벌을 받아야 한다고?"

입에 걸린 미소는 지워질 기미가 없었다.

뻣뻣대마왕은 곤혹스러운 표정으로 턱을 매만졌다.

"……."

나는 잠시 잊고 있었다.

이 뻣뻣대마왕은 내가 맞는 말을 한다고 해서 자신이 내뱉은 말을 절대로 되돌리지 않는다.

대신…….

"교수에게 이런 불량스러운 태도로 질문을 하는 건 교권 침해다."

"그게 말이 되냐?!"

어떻게 그런 식으로 연결되는지 이해할 수가 없었다. 그리고 이해하고 싶지도 않았다.

"처음에는 불량스러운 태도로 시작하지만 그 다음에는 수업 방해로 발전하고, 이후에는 자신이 교수들을 가르치려 들지. 물론 나는 별 상관이 없다. 하지만 너로 인해 다른 학생들이 입을 수 있는 피해는 무궁무진하다. 네가 그렇게 변하지 않도록 내가 벌을 내리는 것이다."

“…….”

나는 잠시 잊고 있었다.

저번에도 당했는데 또 똑같은 방법으로 당하다니…….

“잊지 마라. 내일이다.”

뺏뺏대마왕은 한 팔로는 흉터괴물을 부축하고, 다른 한 팔로는 마빡대표를 부축했다.

나는 놈이 그렇게 유유히 사라질 때까지도 멍하니 지켜보고 있었다.

잊고 있었다.

뺏뺏대마왕에게 있어 명분은 필요없다. 건수만 있으면 된다. 이런 일을 피하고 싶으면 놈의 암수를 파헤치는 게 아니라 애초에 건수를 만들지 말았어야 했다.

“…….”

8

처음에는 대표들의 부상이 그렇게 큰 문제가 아닌 줄 알았다.

의료원에는 불구가 되어서 들어가도 나올 때는 멀쩡하게 나아서 돌아온다는 미신적인 믿음이 학생들 사이에 팽배했기 때문에 이상하게도 나도 그렇게 믿게 되었다.

하지만 그건 나의 착각이었다.

뻣뻣대마왕의 벌보다도 끔찍한(!) 일들이 대표들의 부상에
의해 시작되었다.

제5화
선거

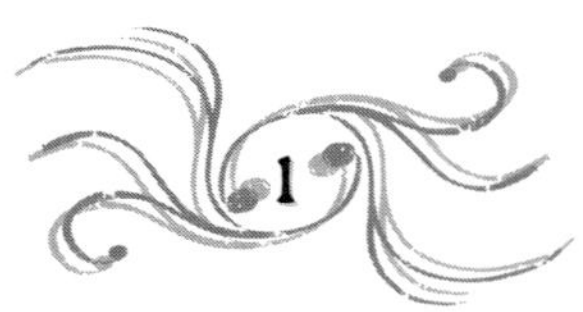

사람들은 쉴 새 없이 이야기를 한다. 옆에서 그런 이야기만 주워들어도 이 학교 내에서 어떤 일들이 벌어지고 있는지 대부분 알 수 있었다.

근래에 들어 사람들은 오로지 한 주제에 대해 이야기를 나누고 있었다.

대표 둘이 빠진 지금, 누가 크로우를 장악할 것인가.

난 흉터괴물이 '정권 교체'를 운운한 이유를 이런저런 정보를 수집하며 알 수 있었다.

'정권 장악'은 나의 예상과는 달리 계열 간의 단순한 기 싸움이 아니었다.

학기 초의 신경전은 모두 학생회라 할 수 있는 크로우에 맞춰져 있었다. 그리고 누가 차기의 크로우 캡틴으로 선발되느냐.

'정권 장악'은 학생회를 장악하여 자신들의 계열이 다른 계열을 마음대로 놀릴 수 있는 걸 의미한다. 그리고 그 정권 장악의 필수적인 과제가 크로우의 영향력 확보였다.

크로우는 내 생각보다 그 영향력이 막강한 곳이었다. 크로우는 간단한 합의를 통해 교칙을 어기는 학생들을 처벌할 수 있고, 필요에 의한 축제, 무도회를 계획할 수 있다. 그리고 교수의 요청에 따라 일부 학생을 가르치는 데 조교의 역할을 할 수 있고, 학생들에게 명령을 할 수 있는 권한이 주어진다. 그들의 명령을 어기는 학생들 역시 교수의 허락없이 그들이 처벌할 수 있다.

그야말로 학생이 차지할 수 있는 최고의 권력이라 할 수 있었다.

그렇기 때문에 각 계열은 크로우를 통해 막강한 영향력을 행사하려고 한다.

당연하지만, 그렇게 하기 위해서는 크로우 내부에 자신

의 계열 학생이 많아야 한다. 무엇보다도 가장 중요한 것은 4단계의 학생이 얼마나 많이 크로우에 포함되어 있는가이다.

5단계의 상급생들은 거의 항상 검사 시험 준비를 위해 외부에서 수련하기 때문에 학교 내부의 일에는 관여하지 않는다. 그렇기 때문에 갓 4단계에 오른 학생들이 크로우 장악의 주체가 된다.

4단계에서도 각 계열의 대표들이 그나마 다른 크로우의 일원 중에서 가장 큰 역할을 끼칠 수 있고, 그들 중 한 명이 크로우 캡틴이 될 확률이 가장 높았다. 캡틴은 전교생의 투표를 통해 선발되기 때문에 보통 인지도 높은 대표들이 뽑히는 게 전통이었다.

여기에서부터 문제가 시작되었다.

앞으로의 편한 2년을 위해 자신들의 계열에서 크로우 캡틴이 나와야 했다. 그 사실을 모든 학생들이 알고 있지만 자신의 시간을 들여 권력을 쟁탈하는 데 두 팔을 걷는 건 4단계의 학생들이었다.

4단계의 학생들 중에서 대표들을 비롯한 몇몇의 간부들만이 암묵적으로 권력 장악에 참여했다.

이 암묵적인 권력 장악의 방법은 간단했다.

경쟁자를 없앤다.

상대가 알아서 굽히게끔 기선을 제압한다.

기선을 제압하는 방법도 간단했다.

처음에는 말로써, 필요하다면 무력으로……

흉터괴물과 마빡대표는 그 과정에 있었던 것이다. 둘이 모두 캡틴 후보였기 때문에 둘 중 하나는 포기하게 만들어야 했다.

여기서 또 다른 후보, 사이의 대표가 있었지만 요하네스가 설립된 초기에서부터 사이는 별 영향력이 없었다고 한다. 이상하게도 사이의 대표들은 다른 계열의 대표들에 비해 부족하다고나 할까?

그 결과, 지금까지 사이에서 배출한 크로우 캡틴은 단 한 명도 없었다.

그러니까 흉터괴물과 마빡대표는 사이의 대표는 신경도 쓰지 않았다는 말이다.

물론 그 결과 주몬과 바알만 피해를 보고 가만히 있던 사이는 득을 보게 되었다.

상황이 이렇게 되다 보니 안 그래도 어려운 판국에 더 복잡해지게 되었다.

주몬과 바알은 황급히 남은 여자 대표를 차기 크로우 캡틴으로 추천했다.

아무리 여자 대표들 역시 남자 대표들만큼의 입지가 있

다고는 하지만 캡틴의 후보자라고 볼 때는 턱없이 부족했다.

지금까지 역대 여자 캡틴이 없던 이유와 일맥상통하는 부분이었다.

요하네스는 남자 학생이 훨씬 많았다.

약 3대 1의 비율로 압도적인 수였다.

물론 남자 대표에 비해 여자 대표들이 남자에게 인기가 많았다. 아름다운 외모를 자랑하는 여자 대표들이 삭막하기 짝이 없는 남자 대표들보다는 남학생들에게 인기가 많았다.

하지만 그들을 이끄는 대표를 뽑을 때는 그 인기가 조금도 영향력을 끼치지 못했다.

나도 조금 그런 경향이 있지만 학교의 대표는 남자가 되어야 했다. 아무리 생각해도 여자에게 이런저런 명령을 받는다는 건 자존심이 상했다. 권력은 남자의 것이다.

이런 반감 때문에 남자 대표들 이상의 인지도를 가진 여성 대표들을 내세웠다고는 하지만, 주몬과 바알은 사이에게 밀릴 수밖에 없었다.

물론 밀린다는 건 정식으로 선거 운동을 하고 규칙에 따라 투표를 했을 때의 얘기다.

아까도 언급했지만 후보자들은 암암리에 서로 겨루어—말

로써 상대가 굽힐 리가 없으니—상대가 후보 자격을 포기하게
만든다.

이제는 흉터괴물과 마빡대표가 빠진 주몬과 바알의 여자
대표, 그리고 사이의 남자 대표가 크로우의 캡틴 자리를 놓고
겨루게 되었다.

여기서 문제가 야기되었다.

사이에서 지금까지 캡틴을 배출해 내지 못한 한을 이번에
풀려고 하는지, 사이의 남자 대표는 항상 여자 대표와 같이
다녔다. 절대로 혼자 있는 시간이 없어 1대 1의 대련—을 가
장한 기습—을 할 기회가 없었다. 그렇다고 정식으로 대련을
신청하면 받아들이는 것도 아니었다. 그런 행동의 뜻은 이
선거를 처음부터 끝까지 치르겠다는 뜻이다. 경쟁자가 있든
말든.

지금까지는 다른 경쟁자들에게 밀리니 알아서 후보를 포
기하던 사이의 대표들이었는데, 여자 대표면 해볼 만하다고
판단한 모양이었다.

여기서 더 큰 문제가 야기되었다.

다혈적인 바알 측에서 4단계의 간부 여럿을 모아 사이의
대표 둘을 한꺼번에 손보려고 한 것이다.

간단히 손을 봐 사이의 대표를 불구로 만들어 후보자에서
탈락시킬 계획이었는데, 미처 제대로 된 공격 한 번 못해보고

뻣뻣대마왕에게 걸려 그 대의는 무산되었다.

이때부터 일은 지저분하게 돌아갔다.

사이의 대표는 간부들을 대동하고 다니기 시작했다.

더 이상의 집단 기습은 허용하지 않겠다는 뜻이었다.

그렇게 폭풍 전의 잠잠한 며칠이 지나갔다.

당연히 폭풍은 왔다.

투표 날짜가 다가올수록 주몬과 바알의 간부들은 조급해지기 시작했다.

사람이 조급해지면 평소에는 하지 않던 일을 저지르게 된다.

바알의 여자 대표는 간부 이외에도 바알의 4단계 학생 전부를 대동하고 다녔다. 언제라도 다른 후보들을 칠 수 있다는 뜻을 감추지 않는 행동이었다.

이에 위기감을 느낀 주몬과 사이의 대표들 역시 인원수를 맞춰 다니기 시작했다.

더 이상 이 정권 장악은 소수 간부의 몫이 아니었다.

4단계 학생 전체의 대행사였다.

이렇게 하루하루가 지나가면 갈수록 요하네스 내의 분위기는 살벌해지기 시작했다.

누가 살짝 건드리기만 해도 폭발할 듯한 느낌이었다.

그 예로 1, 2, 3단계의 학생은 그렇지 않았지만, 마음이 조급한 4단계의 학생들이 다른 계열의 4단계 학생과 부딪치면 바로 싸움이 났다.

시간이 지나도 상급생 간의 견제는 잠잠해질 줄을 몰랐다.

오히려 그 긴장감은 하급생들에게까지 전해졌다.

1, 2, 3단계의 학생들에게는 그 누구도 개입을 요구하지 않았다. 하지만 언제나 그렇듯 인내심이 애초에 탑재되어 있지 않은 대다수의 바알 학생들은 3단계의 재능을 가진 학생들을 끌어들였다.

이건 단순히 시작이었다.

사이 역시 똑같은 방법으로 인원수를 늘렸고, 주몬 역시 가만히 앉아서 지켜보고만 있을 수는 없었다.

시간이 더 흐르자 뛰어난 3단계의 학생에서 3단계 학생 전체, 뛰어난 2단계의 학생에서 2단계 학생 전체, 결국에 요하네스의 모든 학생들이 다른 계열의 학생들을 견제하는 사태에까지 이르게 되었다.

사실 나와는 별 상관이 없는 일들이었다.

나의 고귀함을 아는 상급생들은 나에게 무엇을 시키거나 하지 않았다. 그들의 어리석은 기 싸움에 참여하라고 하지도 않았다.

난 한가롭게 하루에 수업 한두 개를 들으며 남은 시간의 대부분을 침대에서 보냈다.

가끔 건수가 없나 확인 차 주몬 로비에 들르는 뻣뻣대마왕은 고소하게도 코베와 함께 하루에 수십 번씩 터지는 싸움을 말리러 다녔다.

나에게 있어 한가하기 그지없고, 뻣뻣대마왕도 없는 요하네스는 천국이었다. 아니, 천국이라면 착한몸매와 환상얼굴이 옆에 바짝 붙어 날 놔주지 않는 그런 곳이니…… 적어도 지옥은 아니었다.

적어도 뻣뻣대마왕이 찬물을 끼얹기 전까지는 그랬다.

2

항상 그렇듯 계열이 맞닥뜨리는 중앙 복도는 살기가 만연했다.

이 모든 일과 별 상관이 없는 나까지도 위축감이 들어 지나가기 불편한 장소이기도 했다.

하지만 오늘 유일하게 듣는 '주몬의 이해' 시간을 위해 이곳을 지나가야 했다. 비록 가봤자 코베가 대신 인원 체크만 하고 그 장소에서 잠을 좀 자다가 나오는 걸로 수업이 끝나겠지만 그래도 가기는 가야 했다.

뻣뻣대마왕이 아무리 바빠도 수업 땡땡이 같은 큰 건수를 놈에게 주어서는 안 되었다.

팍!

그때였다.

서로 마주 보면서 걷다가 누가 길을 비키나 신경전을 벌이던, 가슴에 파란색 구슬을 달고 다니는 3단계 상급생이 노란색 구슬을 달고 다니는 2단계 상급생과 부딪친 것이다.

하얀색, 노란색, 파란색, 빨간색, 검은색의 순으로 단계가 높은 학생이라 할 수 있다. 2년마다 색이 바뀌는 게 아니라 그 색을 졸업할 때까지 차고 다녀야 한다. 그러니까 2년 후에는 검은색이 신입들에게 주어진다고 할 수 있었다.

"지금 시비 거는 거냐?"

상급생이 하급생의 멱살을 잡아챘다.

작아서 자세히 보이지는 않았지만 상급생은 곰이 박힌 반지를 끼고 있었고, 하급생은 표범이 박힌 반지를 끼고 있었다.

바알과 사이의 학생, 즉 다른 계열이란 뜻이었다.

평소 같았으면 하급생이 상급생에게 고개 숙여 죄송하다는 걸로 끝날 일이었지만, 상황이 상황이다 보니 상급생은 다짜고짜 멱살부터 잡고 봤다.

"……!"

둘만 싸우면 그건 큰 문제가 아니다.

큰 문제는 바알의 상급생이 사이의 하급생 멱살을 잡았다
는 것이다.

"지금 멱살을 잡았냐?"

"안 놔, 그거?"

주위를 걷던 사이의 학생들은 멱살을 잡은 바알의 상급생
에게 달려들었다.

안 그래도 흉흉한 분위기는 뜨겁게 달아오르기 시작했다.

그 큰 중앙 복도를 걷고 있는 사람들이 전부 사이의 학생들
일 리가 없었다. 당연히 그에 비례한 바알의 학생들 역시 길
을 지나가고 있었고, 역시 그냥 지나치지 않았다.

"호오, 사이 놈들이 해보자는 건가?"

"가자!"

근력 훈련을 많이 해 덩치가 좋은 바알의 학생들은 속도
를 위해 몸의 군더더기를 줄인 사이의 학생들을 향해 뛰어
갔다.

"……."

적어도 40여 명이 한곳에 뒤엉켜 주먹 싸움을 하고 있었
다.

보기에는 허약한 사이 놈들이 은근히 매서운 주먹을 지녔
는지 주먹에 맞은 바알 놈들이 휘청거렸지만, 사실 딱 봐도
맷집은 바알 놈들이 더 세 보였다.

"싸움이 났다!"

구경꾼에 속하는 주몬 학생들은 여기저기에 싸움이 났다고 알리며 더 많은 인파를 끌어 모았다.

처음에는 구경꾼의 신분으로서 모여든 학생들은, 자신들의 계열이 얻어맞고 있다는 사실을 깨닫는 즉시 싸움판으로 달려들었다.

그것도 기하급수적으로…….

처음에는 40여 명이었지만 순식간에 100여 명이 뒤엉켜 버렸다.

쾅!

퍽퍽퍽!

콰과광!

와장창창!

"……."

아수라장이었다.

순식간에 중앙 복도에 놓여진 그림들은 갈기갈기 찢어졌고, 동상들은 두 동강이 나기 시작했다.

이렇게 시끄러우면…….

"뭐 하는 짓이지?"

그렇게 시끄러웠던 중앙 복도가 그 한마디에 잠잠해졌다. 뿐만 아니라 상대방의 얼굴에 주먹을 휘두르던 사람도, 발로 상대의 배를 차던 사람도 동작을 멈췄다.

중앙 복도를 가득 메우던 열기가 차갑게 식었다.

한 명의 등장으로 인해 싸늘한 한기만이 느껴졌다.

'뻣뻣대마왕.'

평소 이상의 카리스마를 뿜어내며 그는 주위를 한차례 둘러봤다.

그와 눈을 마주치는 즉시 학생들은 차렷 자세로 꼿꼿하게 섰다.

이마에 식은땀이 줄줄 흐르는 놈들을 보니 괜히 고소했다.

그때였다.

"……?"

뻣뻣대마왕은 나를 보고 있었다.

나는 그 싸우는 무리들의 한참 뒤에 서서 구경하고 있었다. 그러니까 건수를 잡고 싶어도 잡을 거리가 조금도 없다는 뜻이었다.

그런데 놈이 나를 보고 있었다.

"……."

굉장히 불안했다.

"크리스, 이쪽으로 와보도록."

"……."

이건 불안을 넘어선 의심이었다. 아니, 확신이었다. 분명히 뺏뺏대마왕은 건수를 잡았다. 그 건수를 얼마나 빨리 파악하느냐에 따라 물론 벌은 받겠지만, 적어도 궁금하지는 않을 것이다.

나는 아주 천천히 걸었다.

지옥을 향해 빨리 가고 싶은 사람은 없으니.

"멀리서 구경했으니 일의 자초지종을 알겠지? 어떻게 된 일인지 설명해 보도록."

뺏뺏대마왕의 말에 안도의 한숨을 쉬었다.

난 단순히 목격자의 신분으로 불려온 것이다.

"먼저 바알의 상급생과 사이의 하급생이 부딪쳤어. 그래서 바알의 상급생이 멱살을 잡았고, 그에 격분한 다른 사이 학생들이 달려들었고, 바알 학생들도 달려들었지. 그리고 저놈이 '싸움이 났다' 면서 사람들을 불러 모았어. 그리고 놈들이 싸우는 도중 그림이랑 동상이 파손되었어. 마지막에 네가 왔어. 상황 정리 끝."

내 지목을 받은 구경꾼 몰이 주몬 동급생은 몸을 꿈틀거렸다.

하지만 뺏뺏대마왕은 내가 친히 놈을 가리켜 주기까지 했는 데도 시선을 돌리지 않았다.

놈의 눈은 처음서부터 끝까지 나에게 맞춰져 있었다.

"……."

정적이 오래가자 늘어나는 건 의심뿐이었다.

'단순한 목격자가 아니야. 이건 뭔가 있어.'

나의 예리한 직감이 경고해 왔다.

하지만 나의 뛰어난 추리력으로도 도저히 알아낼 수가 없었다.

뻣뻣대마왕은 턱을 매만지며 입을 열었다.

"그러니까 이 모든 게 네 잘못이라는 말이군."

"……."

"……."

나뿐만 아니라 주위의 학생들 역시 같이 휘청거렸다. 내 정확한 설명을 어디로 들은 걸까? 도대체 어느 부분이 '나, 크리스티안의 잘못이다'로 들린 걸까?

어처구니가 없어서 한동안 입만 뻥긋거렸다.

뻣뻣대마왕은 친절하게도 내가 묻기도 전에 그 부분을 해명해 주었다.

"이 다툼의 이유는 현재 팽배한 계열 간의 반감 때문이다. 맞나?"

나는 고개를 끄덕였다.

'…….'

나는 고개를 끄덕이면서도 이런 상황을 언젠가 한 번 경험한 적이 있다는 생각이 들었다.

그리고 생각이 났다.

'뻣뻣대마왕표 암수!'

놈의 암수는 항상 이런 식으로 시작했다. 질문에 질문을 더해가면서 얼토당토않는 말을 합리화시켜 악의 구렁텅이로 몰아넣는다.

나는 두 귀를 쫑긋 세웠다.

당하면 안 된다.

"원래 학기 초에는 이런저런 신경전이 많지만, 이 정도로 심한 건 현재 크로우 캡틴의 후보자들이었던 주몬과 바알의 각 대표가 심한 상처에 후보에서 탈락했기 때문이고. 맞나?"

나는 멀뚱히 눈을 깜빡이며 고개를 끄덕였다.

"그리고 대표들이 심한 상처를 입은 건 네가 그들을 공격했기 때문이고. 맞나?"

나는 이번에도 반사적으로 고개를 끄덕이려다 가까스로 멈췄다.

"……!"

어처구니가 없어 무슨 말을 하기도 전이었다.

"정말?"

"1단계 학생이 4단계의 대표 두 명을 동시에 때려눕혔다고?"

“말도 안 돼!”

“그래도 아신 가의 아들이잖아. 특별한 능력이 있거나 이미 검술을 수련해서 왔을지도 모르지.”

“그래도…….”

“마신을 죽인 가문의 피를 이어받았는데. 호랑이는 호랑이를 낳는다고 하잖아?”

방금 전까지는 뻣뻣대마왕의 등장으로 인해 죽을상을 하고 있던 것들이 갑자기 힘이 샘솟는지 귀가 아플 정도로 크게 떠들고 있었다.

“…….”

나는 또 한 가지를 깨달았다.

‘당했다.’

멍한 눈으로 뻣뻣대마왕을 바라보기만 하다 문득 생긴 의문에 고개를 갸웃거렸다.

‘왜?’

뻣뻣대마왕은 내가 그 일의 원흉이 아니란 걸 알고 있다. 그건 그때의 대화가 증명했다. 비록 그가 내 말에 수긍하지는 않았지만 분명히 내가 했다는 게 아니란 걸 알고 있다.

게다가 나에게는 그런 능력이 없다는 걸 누구보다도 잘 아는 게 뻣뻣대마왕이었다.

그런데 이 많은 학생들 앞에서 나를 망신주고 있다.

‘망신이 아니라 치켜세워 주는 건가?’

동급생은 물론 상급생까지 ‘존경’, 아니, ‘경외’의 눈빛으로 날 보고 있었다.

존경심에서 경외심으로.

경외심에서 두려움으로 그들의 눈빛은 점점 변했다.

결국 마지막에 띤 빛은 ‘경계’였다.

나는 뻣뻣대마왕을 돌아봤다.

놈의 얼굴에서 그 어떤 것도 읽어낼 수가 없었다.

뻣뻣대마왕은 내 시선을 피해 학생들을 둘러보며 입을 열었다.

“오늘은 봐주겠다. 또 한 번 걸리면 크리스에게 개인적인 처벌 권한을 주겠다. 나라면 두 대표를 상대로 작은 상처 하나 입지 않은 크리스에게 끌려가는 일을 만들지 않겠다.”

“……!”

내 입이 저절로 쫙 벌어졌다.

턱이 탈골되려 했지만 난 개의치 않았다.

나뿐만 아니라 다른 학생들도 멍한 눈길로 서로를 마주 보기만 했다.

물론 그들은 나처럼 ‘뻣뻣대마왕이 미쳐도 단단히 미쳤군’과 같은 생각을 하는 것 같지는 않았다. 그렇다고 하기보다는 ‘다른 사람도 아닌 교수님이 저런 식으로 말할 정도

면 도대체 얼마나 대단한 사람일까' 라고 해석할 수 있을
까?

"……."

나는 유유히 멀어지는 뻣뻣대마왕을 가만히 지켜봤다.

정말 뻣뻣대마왕은 발레키와는 또 다른 의미로 사람의 힘
을 쫙 빼는 재능이 있었다.

그리고 발레키만큼이나 이해할 수 없는 사람이었다.

"……."

뻣뻣대마왕이 시야에서 사라지자 나를 바라보는 시선이
한층 더 강렬해졌다.

나는 황급히 중앙 복도를 떠나 기숙사로 향했다.

3

난 누가 뻣뻣대마왕의 말을 확인하려 할까 두려워 기숙사
밖으로 나가지 못했다.

식사도 거의 거르다시피 했고, 수업에 들어갈 일이 있으면
시간에 딱딱 맞춰서 가고 달려오듯 기숙사로 돌아왔다.

기숙사 방문을 걸어 잠그면 다행히도 같은 주문의 학생이
라 해도 감히 들어오려 하지 않았다.

난 평민들의 눈에서 호기심이 반짝이는 걸 볼 수 있었다.

정말 내가 두 명의 대표를 반쯤 불구로 만들 실력이 있는지 확인하고 싶은 마음이 있는 놈들이 많았다.

하지만 그나마 다행인 건 그들에게 겁을 준 건 뻣뻣대마왕이었다.

뻣뻣대마왕은 절대 거짓말을 하지 않았고, 위협 따위를 하지도 않았다.

하지만 이번만큼은 그랬다.

그러니 뻣뻣대마왕을 잘 아는 평민 놈들은 나에게 대련을 신청할 시도도 하지 못했다.

무엇보다도 다른 평민들이 날 두려워하게 되는 데 일조를 한 건 주먹코와 뱁새눈이었다.

그들은 나에게 베인 경험담을 과장되게 이야기했다. 주먹코는 검에서 눈부신 빛이 일어 눈을 잠시나마 멀게 한 후 순식간에 검을 휘둘렀다고 했던가?

뱁새눈은 내가 무려 40여 미터 바깥에서 검을 휘둘렀다고 말하기도 했다.

그 상황을 목격한 평민들도 꽤 있는데, 어떻게 그런 거짓말이 먹히는지는 이해할 수 없었다.

그 둘뿐만 아니라 많은 평민들이 보는 눈앞에서 깐깐안경이 찾아온 적이 있었다.

"넌 원래 검술을 익혔어. 사실 아신 같은 검가에서 검술을 조금도 배우지 않았다는 게 더 이상하지. 어쨌든 그래서 수련을 단한 번도 하지 않고 수업에 뒤처지지 않을 수 있었던 거고. 그런데 너는 그 사실을 숨기고 마치 네가 잘나서, 귀족이 더 우월해서 그런 거라고 속였지. 네 유아적인 정신 세계는 조금도 이해하지 못하겠다. 이해하고 싶지도 않고."

아직도 그녀가 씁쓸해하는 미소를 잊을 수 없었다.
어쨌든 깐깐안경 덕에 나는 실력을 지금까지 숨기고 있었으며, 노력하지 않는 천재로 보이고 싶어 하는 유치한 놈으로 전락했다.
다른 평민들에게 나는 엄청난 놈이라는 확신을 갖게 한 건 물론이었다.
시간이 지날수록 놈들은 이성적으로 생각하지 않았다. 오히려 나에 대한 경외감을 증폭시키는 것만 같았다. 나를 무슨 괴물로 과장시키고…….
평민들은 날 뼛속 깊이 두려워하기 시작했다.
물론 그렇게 되면 내 실력을 시험할 멍청한 놈이 없어지는 셈이긴 한데, 그렇다고 안심할 단계는 아니었다.
최근 들어 주몬의 움직임이 이상했다.
환상얼굴을 필두로 4단계의 간부들이 모여서 밀담을 나누기 시작했다. 딱히 어디 숨어서 이야기를 하는 건 아닌데, 평소와는 다르게 내 눈치를 보며 속삭였다.

신이 내린 내 직감력이 경고를 해오는데, 분명 그들에게서 음모의 냄새가 물씬 풍겼다.

그렇게 크로우 캡틴 선거 날짜가 1주 앞으로 다가오고 있었다.

살을 에는 듯한 살기가 피부를 스치는 그런 분위기 속에 시간이 흐를수록 각 계열 간의 신경전은 치열해지기 시작했다. 뻣뻣대마왕의 어처구니없는 협박이 제대로 먹혔는지 싸움은 없었지만, 오히려 그래서 이 언제라도 폭발할 듯한 분위기가 심해지는 모양이었다.

'빨리 선거가 끝나던가 해야지.'

사실 누가 뽑히든지 아무런 상관이 없었다. 나는 크로우의 일원도 아니었으며, 환상얼굴이 캡틴으로 뽑혀서 내가 득을 볼 것도 없었다.

이 선거가 빨리 끝나 이 흉흉한 분위기가 사그라져야 한다. 그렇지 않으면 내가 미쳐 버릴지도 모른다.

타다다닥.

요하네스는 북부 지방에 있기 때문에 여름이 다가오고 있다 해도 해가 지면 쌀쌀하다. 그래서 수업이 끝나면 모두 벽난로 곁으로 모여든다.

나 역시 마찬가지였다.

벽난로 주위의 소파에 앉아 있는 지금이 내가 이 요하네스에서 유일하게 좋아하는 시간이었다.

“…….”

언제나 그렇듯 내 주위의 소파는 텅 비어 있었다. 물론 항상 이런 것은 아니었다. 소파는 항상 경쟁이 치열했다. 주로 상급생들만 차지하는 그런 귀한 자리란 말이다.

물론 자리가 비었다고 해서 소파의 인기가 갑자기 떨어진 건 아니었다.

내가 기억하기로는 뻣뻣대마왕의 폭탄 발언이 있은 후부터 주몬 놈들은 내 주위에 무형의 장막이 쳐져 있기라도 한 듯 다가오지를 않았다. 우연히 모퉁이에서라도 만나면 황급히 달려서 10m가량의 안전 거리를 확보할 정도로 이 주몬 놈들은 뻣뻣대마왕의 말을 철석같이 믿었다.

나는 고개를 절레절레 흔들었다.

자기들이 알아서 내 안식을 방해하지 않겠다는 데 내가 신경 쓸 필요는 없었다.

탁탁.

누군가가 뒤에서 내 어깨를 살짝 쳤다.

“……!”

커다란 눈동자가 초롱초롱거리고 있었다.

"뭐, 뭐지?"

언제나 그렇듯 환상얼굴이 갑자기 다가오는 건 정말 당황
스럽다. 그녀의 외모에 익숙해질 시간을 주고 다가오면 모르
겠는데, 갑자기 확 다가오면 말을 더듬게 된다. 얼굴도 살짝
붉어지는 것 같고…….

"우리가 생각을 조금 해봤는데……."

나는 처음으로 환상얼굴이 머뭇거리는 모습을 보게 되었
다.

"꿀꺽."

천하의 환상얼굴이었다. 대뜸 나타나 자기가 하고 싶은 말
은 다 하는 그녀란 말이다.

'도대체 무슨 말을 하려고…….'

저절로 긴장되는 순간이었다.

요하네스에서도 검술의 천재라고 하는 환상얼굴이 대련을
신청하는 건…….

'큰일이다!'

그녀의 검술을 본 적은 없지만, 내가 만나는 모든 학생들이
격찬하는 걸 보면 분명 마빡대표보다 잘났으면 잘났지 못나
지는 않았을 것이다.

게다가 그녀의 뒤에는 4단계의 간부들이 있었다. 껑다리와
땅딸보 역시 레드 크로우의 일원으로 주몬의 간부였고, 그 이

외에도 남녀 두 명이 더 있었다.

남자는 뻣뻣대마왕만큼이나 머리가 긴 데다 빗지도 않는지 산발에 가까웠다. 그리고 짙은 갈색의 머리에 가려 이목구비는 거의 보이지 않았다. 마음에 안 드는 건 그것뿐만이 아니었다.

나는 놈이 말을 하는 걸 본 적이 없었다.

단 한 번도 없었다.

혼자서 음침한 기운을 발산하기만 하고 그 누구와도 대화를 하는 걸 본 적이 없었다.

음침황제 옆의 간부도 내 마음에 들지 않았다.

여자들 중에서도 꼭 그런 사람이 있다. 그 하는 말, 행동 하나하나에 귀여움이 잔뜩 묻어 나오는 그런 사람 말이다.

대륙의 동쪽에서 왔는지 피부가 누리끼리하고, 양 갈래의 검은 머리와 전체적인 이목구비가 이국적인 여자였다.

외모는 전체적으로 귀엽다고 할 수 있었다.

하지만 솔직히 귀여움도 정도가 있다.

가만히 있으면서도 밝게 웃으며 고개를 이리저리 돌리며 나에게 눈웃음을 치는 모습하고는…….

"……."

이렇게 간부들이 우르르 몰려온 이유를 생각하니 등골이 서늘해지기 시작했다.

이제 곧 저 여러 명이 단체로 나에게 검을…….

그때 갑자기 환상얼굴이 일격을 가했다.

"캡틴 후보가 되어줘."

물리적인 공격은 아니었지만 이 정신적인 공격은 내가 지금까지 받아본 그 어떤 것과도 차원을 달리했다.

"뭐?"

정신적인 공황을 초래하는 그런 엄청난 공격이라고나 할까?

"우리가 온갖 운동을 다 해봤지만 그 어떤 것도 영향력이 없어. 여론을 봐도 사이의 대표에 대한 지지도가 압도적이야. 남자들은 왜 그리 옹졸한지……. 아차, 너를 말하는 건 아니야."

환상얼굴의 아찔한 미소는 저 뒤 오두방정의 것과는 차원이 달랐다.

"너는 신입이라 잘 모르겠지만, 이 캡틴 자리는 아주 중요해. 앞으로의 행사에 대한 발언권이 항상 주어지는 건 물론이고 간섭까지 할 수 있어. 그 외에도 신경전 없이 다른 계열의 의견을 묵살시킬 수 있어. 각 계열이 괜히 이 캡틴 자리에 목을 매는 게 아니야."

난 그녀가 항상 천진난만하기만 한 줄 알았는데, 진지할 때는 또 이렇게 무게도 잡을 줄 안다.

"……."

그녀의 다양한 얼굴은 그렇다 쳐도, 그녀의 어처구니없는 말은 이해할 수가 없었다.

"근데 왜 나보고 후보가 되라는 거야?"

캡틴이 중요하고 현재 환상얼굴이 사이의 대표에게 지지도가 딸린다는 말은 이해했다. 그리고 그런 상황이니까 새로운 후보가 필요하겠지. 하지만 어떻게 이 단계에서 바로 내가 후보가 되어야 한다는 결론을 돌출하게 되었는지는 조금도 이해할 수가 없었다.

"요하네스에서 가장 지지도가 높은 후보는 검술이 뛰어난 사람이야. 신입생들은 조금 덜하겠지만 요하네스에서 생활하다 보면 검술에 대한 강한 열망이 생기지. 그와 함께 강한 검사에 대한 존경심도 생겨. 그렇기 때문에 하급생들은 저절로 상급생을 존중하고 존경해. 2년의 격차가 있다 보니 상급생의 검술이 훨씬 낫거든. 물론 남자의 유치한 자존심 때문인지 여자 검사는 그런 식으로 존중을 받지 않아."

"……."

그녀의 긴 연설에 하품이 나오려 한다.

환상얼굴도 그런 기색을 읽었는지 본론을 꺼냈다.

"이미 요하네스 전교생이 네 경지를 알고 있어. 모두가 너를 우러러보고 있는 거야. 솔직히 나도 많이 놀랐어. 쿠삭과 안톤은 이제 자신만의 검술을 펼치는 단계에 이르렀는데, 둘을 아무런 상처 없이……. 둘이 중환자실에 있지 않았으면 당장에 가서 물어보는 건데 조금 안타깝네.”

환상얼굴의 아쉬워하는 모습도 참으로 아름답… 다기보다는 천만다행이었다. 만약 대표 둘이 면회가 불가능한 중환자실에 있는 게 아니면…….

부르르.

몸이 저절로 떨렸다.

나를 존경심 혹은 경외감으로 바라보는 학생들의 눈빛이 아마 ‘살기’로 변할 게 분명했다. 사실을 알게 되면 크게 뒤통수를 맞았다는 느낌에 뻣뻣대마왕에게 당한 화풀이를 나한테 할 게 분명했다.

‘뻣뻣대마왕은 이런 걸 노린 거였어!’

신종 암수였다.

자신이 직접 괴롭히지 않고 남을 이용해서 날 괴롭힌다. 육체적인 것의 선에서 끝나는 게 아니라 정신적인 충격 역시 덤으로…….

고단수였다.

환상얼굴은 금세 활짝 웃었다.

“네가 후보가 돼주면 분명히 네가 뽑힐 거야. 그러니까 해주면 안 돼?”

내 어깨를 살짝 주무르며 부끄럽다는 얼굴로 아양을 떨면 거절하기가 거의 불가능해진다. 특히 상대는 환상얼굴이었다.

그때 나는 이 난감한 상황의 탈출구를 볼 수 있었다.

"후보는 4단계 학생에서만 뽑는 거잖아. 그것도 크로우의 일원으로. 크로우도 아니면서 어떻게 크로우 캡틴의 후보로 나갈 수가 있어?"

나는 안도의 한숨을 쉬었다.

마빡대표와 흉터괴물이 퇴원을 하는 그 순간, 이 평민들의 기대감은 무너질 것이다. 그런데 환상얼굴의 말이 맞다고 쳐서 내가 캡틴이 되어 있어봐라.

"……."

상상하고 싶지 않은 장면이 뇌리를 스쳐 지나갔다.

그런 일이 존재해서는 안 된다.

나는 당황할 줄 알았던 환상얼굴이 여전히 미소를 짓고 있다는 사실에 입이 살짝 벌어졌다. 내 머리는 계속 '혹시! 혹시!' 라고 쓰인 천으로 돌돌 말아진 망치로 얻어맞고 있었다.

"크로우는 사감님이 추천하시면 바로 들어가. 아직 1단계의 크로우는 뽑지 않았기 때문에 자리는 아주 많아. 그리고 꼭 4단계에서 후보를 정해야 하는 건 아니야. 단지 4단계의

학생들이 항상 인지도가 가장 높기 때문에 그들이 후보로 나
선 거지.”

“…….”

내 머리는 ‘역시! 역시!’ 라고 쓰인 천으로 돌돌 말아진 망
치로 얻어맞기 시작했다.

“사감? 보이지도 않는 사감이 그렇게 권력이 세?”

사감이라 함은 바로 발레키를 지칭하는 단어였다. 주몬의
담당 교수라고 했던가……. 주몬의 모든 일을 관장한다고 하
던데 정말 단어 그대로 관장하나 보다.

“근데 발레키가 허락했어?”

아직 1단계 중에서는 크로우를 뽑지도 않았는데, 나를 아
무런 시험 없이 넣는 게 쉬울까? 아무리 사감의 영향력이 막
강하다고 해도 상식적으로 나를 받아들일 리는 없었다.

그녀는 대답 대신 빨간 까마귀 표식을 손에 쥐어주었다.

나는 이마에 손을 얹었다.

발레키에게 상식은 없었다.

“…….”

나는 얼떨결에 크로우의 일원이 되었으며, 뻣뻣대마왕의
거짓말에 힘입어(?) 캡틴 후보에 올랐다.

큰일 났다.

4

"기호 1번 크리스를 캡틴으로!"

"……."

보통 선거는 한 번 후보를 뽑고, 기권은 할 수 있어도 바꿀 수는 없다. 하지만 요하네스에 그런 제도가 있을 리 만무했다. 모두 자기 멋대로다. 막판에 후보를 바꾸든 말든, 1단계 학생이든 아니든 아무도 신경을 쓰지 않았다.

"크리스!"

"크리스!"

"……."

오랜만에 주몬들은 의기투합하여 내 이름을 외치고 있었다.

중앙 복도를 지나가는 학생들이 짜증을 낼 법도 하지만, 나와 얼굴이 마주치면 처참하게 일그러져 있던 얼굴도 확 펴진다. 그것도 모자라 바로 고개를 땅바닥에 처박고 조용히 지나간다.

"……."

참으로 어색했다. 나는 내 이름이 쓰인 리본을 매고 있었고, 주위에는 4단계의 간부들 및 나를 응원하는 수많은 주몬들이 서서 내 이름을 외치고 있었다. 언젠가는 내가 이 평민들의 우상이 될 거라는 생각은 해봤지만 이건 아니었다.

나는 한숨을 쉬며 주위를 둘러봤다.

주몬의 선거운동위원회 말고도, 바알과 사이의 위원회도 있었다. 하지만 그들은 주몬 선거운동위원회만큼이나 열정적이지 않았다.

불만에 가득 찬 얼굴들이었지만 계속해서 내 눈치를 보며 작게 자신들의 대표 이름을 외치고 있었다. 사실 거의 들리지도 않았다.

나는 급조된 단상에서 내려왔다. 모든 사람의 시선이 집중되는 건 피곤한 일이었다.

"크리스, 어디 가?"

환상얼굴은 눈웃음을 지으며 물었다.

몸이 굳었다.

"화, 화장실."

"빨리 갔다 와~"

환상얼굴은 집요한 데가 있었다. 어디로 사라져 볼까 마음만 먹으면 꼭 물어본다. 눈웃음을 치고 있긴 했지만 그래도 어딘가 살벌한 기운이 느껴진다.

가끔, 아주 가끔은 그녀가 마녀가 아닐까 하는 의문을 가진 적도 있었다.

누군가가 날 노려보고 있다는 느낌과 함께 천천히 화장실을 향해 걸었다.

'거절했어야 하는데.'

이미 뻣뻣대마왕 덕에 필요 이상의 관심을 받고 있었는데, 캡틴 후보가 된 지금 어디를 가도 내 이야기를 하고 있는 게 들려왔다.

물론 내가 유명인이 된 건 좋다.

하지만 대부분의 대화라는 게…….

"넌 누구 뽑을 거야?"

"난 당연히 크리스! 최연소 캡틴 후보잖아. 왠지 멋있을 것 같지 않아? 우리 또래에서 캡틴이 나온다면?"

"나도, 나도!"

"근데 어떻게 그 괴물 같은 대표들을 한 번에 해치울 수가 있었을까? 듣기로는 굉장한 검술을 구사하신다고들 하던 데."

"그거야 그 유명한 아신 가의 아들이니까… 우리랑은 차원이 다르겠지."

"아아, 잘난 데가 있어서 그렇게 싸가지가 없구나?"

"생각을 해봐. 이제 겨우 입학할 나인데 4단계 대표들을 우습게볼 실력이면 너 같아도 우쭐할 것 같지 않나?"

"맞아, 맞아."

"……."

지금도 화장실에서 들려오듯 저런 식의 대화였다.

이제는 날 적대시하던 평민들이 모두 나를 우상화하고 있었다.

딸칵.

그들의 대화에 잠시 머뭇거리다 나는 화장실 문을 살짝 열고 들어갔다.

"……."

내가 들어서자 시끄럽게 이야기를 나누던 동급생들은 언제 그랬냐는 듯 입을 걸어 잠그고 후닥닥 도망가듯 화장실을 나갔다.

쏴아아!

손을 씻으면서 머리를 정리했다.

'젠장, 이게 아닌데.'

이런 생각밖에 들지 않는다.

대표들이 중환자실에 들어갔다고 하니 몇 개월은 조용히 살 수 있겠지만, 그들이 회복하고 나서는? 아니, 회복까지는 아니더라도 면회를 받을 수 있는 상태로 호전되면?

"빠드득."

난 이빨을 갈았다.

지난 일주일간 뻣뻣대마왕은 나를 피했다. 수업 시간에도 내가 입을 열려고만 하면 연설을 시작하고, 훈련을 시작한다.

복도에서 마주치기가 무섭게 어디론가 사라져 버리기도 하고, 정작 마주치면 입을 열기도 전에 없어진다.

사태를 이렇게까지 만들어놓고 나 몰라라 하는 놈을 이해할 수가 없었다.

내가 화장실 문을 열고 나가려던 찰나였다.

"……?"

나는 허리춤에 차여 있는 검을 내려다봤다.

내가 잘못 느꼈을 수도 있지만 분명 내 검이 부르르 떤 것 같았다.

우우웅!

"……."

이번에는 검집과 부딪쳐 소리까지 난다.

나는 천천히 검을 뽑아 들었다.

항상 칙칙하기만 한 검이 이상하게도 지금만큼은 백옥같이 영롱하게 빛이 났다.

"이게 미쳤나?"

딸칵.

내가 검을 보고 중얼거리는 그 순간, 누군가가 화장실 문을 열고 들어왔다. 화장실에 다른 사람이 들어올 수도 있는 건데, 문제는 그 사람이 엄청난 속도로 돌진하고 있었다는 사실 정도?

나는 얼떨결에 검을 놈에게 겨누었다. 하지만 놈이 눈으로 분간할 수 없을 정도로 빨라 제대로 겨누지도 못하고 그와 충돌했다.

콰과광!

"……."

상황이 어떻게 됐는지 파악하기도 전에 놈은 바닥을 굴러 뒤의 벽에 부딪쳤다. 얼마나 세게 달려왔던지 바닥을 데굴데굴 구르고도 벽에 얇은 금이 갈 정도로 세게 부딪쳤다.

'흐음.'

나는 턱을 괴며 상황을 파악하려 했다.

일단 놈이 발정난 개마냥 뛰어들어 왔다. 그것도 검을 뽑은 채로.

"아니, 그러고 보니까 이 자식, 검을 뽑아 들고 들어와? 날 공격하려고? 날? 아니면 다른 사람을?"

나는 건방진 공격자의 얼굴을 살폈다. 머리를 빡빡 깎은 놈은…….

"사이 대표 아니야?"

눈동자가 풀어져 있고 게거품을 물고 있어 원판과 연결이 조금 안 되었지만, 그래도 분명히 사이의 대표였다. 현재 나와 경쟁을 하는 캡틴 후보자이기도 한 사이의 대표가 확실했다.

"이 자식, 혼자서 날 기습하려고 했던 거야?"

내가 후보로 발표된 그날부터 날 아니꼽게 쳐다보기 시작했으니, 언젠가는 이렇게 무작정 덤벼들 거라고는 생각했지만…….

"바보 아니야? 제 발에 걸려 넘어지는 놈이 어디 있어?"

생각할수록 웃음이 나왔다.

아마도 날 기습하려고 돌진해 들어왔는데, 문을 열자마자 내가 검을 뽑고 있는 모습에 깜짝 놀라 실수로 다리에 걸려 넘어진 모양이다.

"……."

게다 살짝 겁에 질린 모습을 보면 용감하게도 혼자서 날 어떻게 처리해 보려고 하기는 했지만, 뻣뻣대마왕의 거짓말을 어느 정도 믿고 있었던 모양이다.

"쯧쯧."

나는 혀를 찼다.

대표나 돼가지고 자기 발에 걸려 넘어지다니.

그때 내 검이 눈에 들어왔다.

"왜 또 넌 칙칙해졌는데?"

검에게 화를 내는 내가 조금 이상하게 느껴졌지만, 실제로 다시 색깔이 칙칙해져 이 검에 대한 가치 평가에 혼란을 주었다. 빛을 받는 각도에 따라 칙칙함이 다른 건가 싶어 요리조리 비틀어봤지만…….

"칙칙해."

도대체 어느 나라 금속이 이렇게 칙칙한지 모르겠다.

난 빛의 각도에 따른 검의 색깔을 연구하면서 화장실에서 나왔다.

"…….".

그리고 멈췄다.

"와아아아!"

"크리스가 이겼다!!"

"사이는 아무것도 아니다!"

"…….".

주몬의 간부들이 내 이름을 외치기 시작했다. 그들은 시작에 불과했다. 간부들을 포함한 다른 주몬들도 환호성을 외치며 박수를 치기 시작했다.

그들의 신난 얼굴과는 상반되게도 반대편에 서 있던 사이의 선거운동위원회는 의기소침해진 채로 중앙 복도를 터벅터벅 떠나기 시작했다.

상황을 파악하는 데 긴 시간은 걸리지 않았다.

"다 알고 있었던 거냐?"

나는 어느새 옆으로 다가온 환상얼굴에게 따졌다.

환상얼굴은 대수롭지 않은 얼굴로 고개를 끄덕였다.

"후보들 간의 대련은 항상 있었어. 지금까지는 사이의 대표가 계속 거절해 왔는데, 이번만큼은 자기가 먼저 공격에 나서더라고. 마지막 발악이지. 참 안됐어."

"……."

여기서 나는 '내가 다치기라도 했으면!', '대표가 신입생에게 달려드는데 가만히 있었다고!' 라는 말이 속에서 맴돌았지만, 말 그대로 맴돌기만 했다.

나는 내 속에서 깨어나는 한 마리의 광분하기 일 초 직전인 사자를 다시 잠재울 수밖에 없었다.

무엇보다도 그녀의 아찔한 미소 앞에서는 그 어떤 불쾌한 감정도 싹 가셨다. 특히 그녀의 크고 보석 같은 하늘색 눈동자 앞에서는 뻣뻣대마왕도 어쩔 수 없을 거라는 생각이 들었다.

"근데 너, 정말 대단하다!"

환상얼굴은 눈을 반짝였다.

열린 화장실 문틈을 통해 벽에 처박힌 사이의 대표 모습을 본 눈치였다.

"……."

내가 무슨 말을 할 수 있을까.

어색한 미소를 지으며 어깨를 으쓱했다.

이 일에 대한 사실을 차마 말해줄 수가 없었다.

“다른 건 몰라도 앙리의 기습은 요하네스 최고거든. 5단계 선배들도 혀를 내두를 정도야.”

“하. 하. 하.”

난 어색하게 웃었다.

그런 대단한 놈이…….

“휴우.”

나는 상황을 정리했다.

난 하마터면 앙리에게 털릴 뻔했다. 비겁하게 기습으로 놈은 날 기권시키려 했다.

“잘 넘어졌어! 아주 그냥 속이 다 시원해!”

“……?”

환상얼굴이 의문을 표했지만 애써 무시했다.

나는 목이 기이하게 꺾인 채로 벽에 처박힌 앙리를 돌아봤다. 신이 도와 놈이 발을 헛디뎌 넘어지지 않았으면…….

등골이 서늘해진다.

그나마 다행인 건 뻣뻣대마왕의 거짓말을 앙리가—불쌍해서 그냥 불러주기로 했다—재확인시켜 줬으니 그 누구도 감히 나에게 달려들 생각을 하지 않을 것이다.

물론 대표들이 퇴원하면 뻣뻣대마왕의 거짓말은 단번에 들통날 것이다.

“…….”

어째 뻣뻣대마왕에 의해 시작된 이 큰 거짓말은 좋게 끝날 것 같지가 않았다.

이건 단순히 뻣뻣대마왕의 거짓말이었다.

내가 참여한 부분은 전혀 없었다.

하지만 상급생들의 분풀이는 모두 나를 향할 거라는 불안감에 휩싸였다.

"휴우!"

하루하루가 위기다.

5

나는 충격적인 사실을 듣게 되었다.

선거 3일 전이었을까?

대표들이 호전되고 있다.

내일이면 면회가 가능하다.

'만약 당신이 내일 죽는다면 무엇을 하시겠습니까?' 라는 문구를 읽어본 적이 있다.

"……."

직접 체감하리라고는 조금도 생각해 본 적이 없었다.

'당신의 죽음을 생각해 보셨습니까?' 라는 질문을 받아본 적도 있다.

"……."

대수롭지 않게 '아니' 라고 대답해 버렸지만, 이제는 진지하게 생각해 볼 수밖에 없었다.

내일 누군가가 대표들에게 면회를 갈 것이다. 그리고 대표들은 서로 어떻게 싸웠는지 과장을 해가면서 이야기하겠지. 그 이야기를 듣던 '누군가' 는 뭔가 이상하다는 사실을 깨닫는다.

바로 뻣뻣대마왕이 나를 미화한 내용이 그들의 이야기 중에 없다는 걸 말이다. 그리고 그 '누군가' 가 흉터괴물의 지식 수준을 가지고 있지 않는 한…….

'날 죽이려 들 거야.'

허풍쟁이의 명은 짧다.

나는 거짓말쟁이에 의한 허풍쟁이였지만, 그 거짓말쟁이가 뻣뻣대마왕이라는 걸 고려해 보면 전적으로 그의 잘못이라는 걸 알면서도 날 죽이려 들 것이다.

난 그 이야기를 듣자마자 뻣뻣대마왕의 사무실로 달려갔다.

그렇다.

뻣뻣대마왕에게는 사무실이 있었다.

“멈춰라!”

코베는 여전히 음침한 목소리에 늘어진 얼굴 살을 가진 불쾌한 놈이었다.

오랜만에 봐도 눈곱만치도 반갑지 않았다.

“…….”

나는 멈췄다.

물론 놈의 ‘아이스 빔’에 무서워 멈춘 게 아니었다. 내가 멈춘 이유는…….

‘이젠 아이스 빔이 무섭지 않아!’

예전에도 조금 느꼈지만 이제는 거의 아무렇지도 않았다. 내가 검술에 천재적인 재능이 있어 이제 코베는 아무렇지도 않을 걸까?

나도 모르게 감탄을 하는데, 뇌리를 스치는 한 장면이 있었다.

“…….”

지난번 그와의 대련 결과였다.

놈은 날 단번에 기절시키는 능력이 있었다. 사실 그때는 어떻게 당했는지도 이해할 수 없었다.

“비켜. 나, 뻣뻣대마왕 만나야 돼.”

코베의 눈이 가늘어졌다.

아니, 감은 걸까?

“뺏뺏대마왕? 교수님이 네 친구냐?”

놈의 ‘아이스 빔’이 한층 강렬해지자, 그제야 몸이 오돌오돌 떨리기 시작했다.

“빌어먹을.”

난 고개를 돌렸다.

놈의 살벌한 시선을 마주 볼 수가 없었다.

코베는 비릿한 미소를 지으며 말했다.

“자기가 원할 때 교수님을 만날 수 있는 학생은 오로지 주몬 소속 크로우뿐이다. 너는…….”

나는 미소를 지으며 독수리가 박힌 반지를 낀 손가락으로 가슴팍에 달린 까마귀 표식을 가리켰다.

“…….”

안 그래도 주름살밖에 없는 얼굴에 더 주름이 지어지는 모습을 보는 건 역겹지만 잊지 못할 짜릿한 순간이었다.

“비켜.”

나는 코베를 살짝 밀치며 새하얀 사무실 문을 활짝 열고 들어갔다.

나는 주위에 가득한 서류함을 보며 몸을 부르르 떨었다.

최근에 받은 벌이 아직도 생각난다.

‘서류함을 이름 순으로 재정렬하는 거였지.’

졸업생들의 서류를 빼고 신입생들의 서류를 정리해서 넣

는다.

합이 천 개가량이었다. 그런 서류를 이름 순으로 정리하는
건 머리뿐만 아니라 인내심의 한계를 시험하는, 그야말로 날
괴롭히기 위한 최고의 벌이었다.

뻣뻣대마왕은 머리를 가지런하게 정리하며 차를 마시고
있었다.

그는 차에 중독되었다고 할 수 있을 정도로 틈만 나면
차를 마셨는데, 그에겐 아주 여성스러운 습관이 하나 있었
다.

"새끼손가락만 삐져나오게 마시면 차가 더 맛있나?"

뻣뻣대마왕은 황급히 새끼손가락을 다른 손가락들과 함께
붙였다. 하지만 이내 불안정하여 찻잔이 흔들리게 되었고, 결
국 그는 다시 새끼손가락만을 뺐다.

"정말 여자 같은 습관을 가졌어. 쯧쯧."

나는 흔히 볼 수 없는 뻣뻣대마왕의 상기된 얼굴을 음미했
다.

그러고 보니 이목구비가 작고 오목조목한 게 꽤나 여성미
도 있었다.

"무슨 일인가?!"

게다가 덤으로 언성을 높이는 귀여운 뻣뻣대마왕의 표정
까지…….

오늘은 분명히 나에게 흔치 않은 '운이 좋은 날' 인가 보다.

난 행복한 미소를 지은 채 입을 열었다.

"대표들이 호전되고 있다고 하던데?"

"그렇다."

조금도 동요하지 않는다.

"아무렇지도 않아?"

"4단계 학생 중 가장 뛰어난 인재들이 회복하니 조금은 기쁘군."

기쁘다는 사람의 말이 마치 '또 한 번 물어보면 지옥 훈련을 시켜주겠다' 라고 들리는 건 왜일까?

아마 그의 살벌한 눈빛과 차갑기 짝이 없는 어조 때문인가 보다.

"걔네들이 나으면 네 거짓말이 다 탄로날 거 아니야!"

"그렇군."

뻣뻣대마왕은 대수롭지 않다는 얼굴로 고개를 끄덕이고 있었다.

"……."

나는 내가 뻣뻣대마왕에게 호의를 베풀고 있는 건 줄 알았다.

혹시나 잊었을까 봐 싶어 거짓말을 수습할 수 있는 시간을 주려고 했다. 적어도 당사자들의 입에서 나오는 것보다 뻣뻣대마왕이 평민들에게 해명하는 게 낫지 않을까 싶어서…….

"그래도 아무 상관 없냐?"

"내가 '실현 가능성이 조금도 없는 말'을 했다고 학생들이 날 찾아올 것 같나?"

고개가 저절로 흔들어졌다.

"아마도 너에겐 상관이 있겠군."

이번에는 희망에 찬 얼굴로 고개를 끄덕였다. 일말의 양심이 있다면 이 일을 잘 풀어주겠…….

"그러니까, 결국 나와는 상관이 없는 일이란 말이군."

"……."

이 사악한 뻣뻣대마왕은 나에게 희망을 심어주었다가 그 희망을 뿌리째 뽑아갔다. 이 세상에서 가장 위험한 게 절박한 사람에게 헛된 희망을 심어주는 일이거늘!

슉!

나는 뻣뻣대마왕의 책상을 주먹으로 쳤다.

"……."

뻣뻣대마왕은 멍한 눈으로 나를 올려다봤다. 항상 힘이 있고 살벌한 눈동자의 뻣뻣대마왕이 정말로 날 멍하니 올려다봤다.

"아프지 않은가?"

뻣뻣대마왕이 걱정스럽게 물었다.

나는 책상을 내려다봤다.

주먹으로 책상을 친다는 게 펜이 가득 담긴 통을 쳐버렸다.

왠지 쾅! 소리가 나는 게 아니라 '슉' 하고 펜 심이 살에 박히는 소리가 난다 싶더니,

"……."

나는 피가 철철 흘러나오는 주먹을 가만히 바라봤다.

"아, 피!"

분수처럼 피가 솟는 게 어떤 건지 두 눈으로 직접 목격하게 될 줄은 꿈에도 몰랐다.

처음에는 아무런 고통도 없었다.

하지만 시간이 지날수록 이 고통은 상당히 위험한 느낌을 갖게 해주었다.

"의료원으로 가자."

뻣뻣대마왕은 어느새 자리에서 일어나 펜 통을 든 채로 나를 부축했다.

"너무 깊숙이 박혔기 때문에 숙련된 사람이 빼지 않으면 신경이 상할 수도 있다."

나는 어느새 떨리기 시작하는 손으로 뻣뻣대마왕과 함께 의료원으로 향했다.

이게 악운의 끝이 아닐지도 모른다는 불길한 느낌과 함께…….

6

　의료원은 1층 중앙에 위치해 있었다. 누가 의료원이 아니랄까 봐 온 벽이 하얗게 칠해져 있었고, 조금만 맡아도 속이 울렁거리는 병원 특유의 냄새가 났다.

　"흐흐흐, 제임스!"

　"……."

　안 그래도 손이 아파 죽겠는데 누군가가 음흉한 웃음을 흘리며 힘 빠지게 한다.

　돌아보니 더러운 회색 머리의 노인이었다.

　"……."

　이 사람은 완전히 코베 저리 가라였다. 얼굴의 주름살이…….

　"우욱!"

　놈의 몸에서 나는 냄새와 병원 냄새가 한데 어우러져 내 비위를 시험하고 있었다.

　"원장님, 이 학생의 손을 조금 봐주십시오."

　"……."

　나는 머리를 망치로 세게 두들겨 맞은 느낌이었다.

　이 요하네스의 의료를 책임지는 의료원의 원장님이면 꽤

나 중요한 자리일 텐데…….

'요즘은 거지한테 밥 한 끼 대신에 원장 자리를 주나?'

사실 이 원장이라는 작자는 딱 그 꼴이었다.

그런데 원장이라니?

"흐흐흐, 여기 앉혀보게."

뻣뻣대마왕은 거지원장의 말대로 날 다리베개까지 있는 긴 의자에 앉혔다. 나는 필사적으로 반항했지만 손이 너무 아팠다.

거지원장은 그 희멀건 눈동자로 내 손을 가만히 바라봤다.

"악! 뭐 하는 짓이야?!"

거지원장은 그의 시꺼먼 손가락으로 내 손을 잡아보기까지 했다. 상처에 의한 고통은 물론이거니와 그의 비위생적인 손가락에 나는 속을 게워낼 뻔했다.

"조용히 해라."

뻣뻣대마왕이 날 무섭게 노려봤다.

"쳇."

거지원장은 내 모습에 음흉한 미소를 지으며 정체불명의 약이 잔뜩 있는 찬장으로 갔다.

"……."

거지원장은 위험천만한 것들을 작은 그릇에 주섬주섬 담

기 시작했다. 그의 동작이 너무도 빨라서 전부 보지는 못했지만 그중에는 전갈의 꼬리와 지네의 몸, 그리고 애벌레가 있었다.

“……?”

거지원장은 누리끼리한 이가 보이게 큰 미소를 나에게 지어 보이며 등을 돌렸다. 그가 무슨 짓을 하는지 내가 보지 못하도록 하기 위한 행동이었다.

거지원장은 그 위험천만한 것들을 한데 짓이겨 섞기 시작했다. 솔직히 등을 돌려도 그 정도는 쉽게 알 수 있는데 도대체 등은 왜 돌린 건지…….

“카악, 퉤!”

“……!”

그래서 돌렸군.

어떤 정체불명의 반 액체의 물질과 위험천만한 것들이 한데 뒤섞여 반죽되는 소리가 들린다.

나는 뻣뻣대마왕을 올려보며 애처롭게 물었다.

“저게 약은 아니겠지?”

마지막 남은 실낱같은 희망이었다.

“……!”

나는 뻣뻣대마왕의 얼굴에서 흔히 볼 수 없는 감정을 읽었다.

뻣뻣대마왕은 신이 난 얼굴이었다.

다른 사람이 봤으면 평소의 표정과 분간을 못해내겠지만, 관찰력이 뛰어난 나이기 때문에 알 수 있었다. 뻣뻣대마왕은 굉장히 신이 나 있었다. 크리스마스를 기다리는 다섯 살의 꼬마 아이처럼…….

나는 조용히 일어나려 했다.

털썩!

반쯤 일어났는데 뻣뻣대마왕이 날 힘껏 의자에 밀었다.

"악!"

그리고는 내가 조금도 움직일 수 없도록 내 손에 붙어 있는 펜 통을 꽉 쥐었다.

"넌 악마야, 악마! 아니, 대마왕! 알아?"

"원장님의 치료는 단순한 치료가 아니라 성스러운 행위다. 영광으로 생각하도록."

"……."

나는 다시 거지원장을 쳐다봤다.

"카악, 퉤!"

반죽에 물기가 부족하다고 생각했을까?

또다시 그 알고 싶지 않은 정체불명의 반 액체 물질이 '절대 약이면 안 되는' 혼합물에 첨가되었다.

거지원장의 뒷모습이 이렇게나 사악해 보일 수가 없었다.

“헛!”

어느새 ‘절대 약이면 안 되는’ 혼합물이 완성되었는지, 내가 이 세상에서 본 가장 역겨운 미소를 띤 채 거지원장이 다가오고 있었다.

저승사자가 다가오는 느낌이었다.

“놔! 뼛뼛대마왕! 놓으라고!”

나는 필사적으로 발버둥치려고 했지만 조금만 움직여도 상처가 벌어지려고 해 죽을 지경이었다.

“안 그래도 피범벅이 된 주먹이다. 제대로 된 치료를 받지 않으면 감염될 확률이 높아진다. 아니, 손이 썩어갈 정도로 심하게 감염되겠지.”

“…….”

겁을 주는 데 뼛뼛대마왕만큼 탁월한 재능을 가진 사람은 없었다.

거지원장은 사발을 옆의 책상 위에 놓고 두 손으로 내 팔목을 받쳤다.

“제임스, 이제 손을 놔보게.”

나는 최대한 불쌍한 표정을 지어 보이며 뼛뼛대마왕을 올려다봤다.

뼛뼛대마왕은 조금의 망설임도 없이 내 손을 떨쳐 내며 멀찌감치 떨어졌다.

“……..”

난 속으로 온갖 욕을 다 퍼부었다. 저절로 입술이 막 꿈틀거린다.

“악!”

거지원장은 내 손의 여기저기를 만져 봤다.

“아픈가?”

“너도 손에 볼펜을 잔뜩 박아봐라. 내가 꾹꾹 눌러볼게. 당연히 아프지!”

거지원장은 새로운 걸 배웠다는 얼굴로 연신 고개를 끄덕였다.

“……..”

강적이었다.

발레키 수준의 지능을 가지고 있는 게 아니라면, 분명 놈은 나와 신경전을 벌이고 있었다.

내가 놈에게 온갖 욕을 퍼부으려고 하는 그 순간이었다.

“뭐 하는 짓이… 으아아아악!”

아파서 소리친 게 아니었다.

거지원장은 ‘절대로 약이어서는 안 되는’ 위험천만한 것들의 혼합체를 내 손에 듬뿍 바르고 있었다. 새까만 물체들이 누리끼리한 반 액체에 범벅이 되어 있는 그 정체불명의 물질은……

“우욱.”

만약 내 정신력이 초인적이지 않았으면 분명히 속을 게워 내고도 남았다.

나는 고개를 돌렸다.

그때 아주 불길한 소리가 들렸다.

슉!

어떤 일이 벌어졌는지 궁금해 미칠 지경이었지만 모르는 게 약일 것이다.

거지원장과 연관이 되어 있을 때는 정말 모르는 게 나을 거라고 확신했다.

하지만 나는 호기심을 이기지 못한다.

“……!”

어느새 붕대가 둘둘 말아진 내 손이 보였다. 피가 줄줄 흐른 흔적은 있었지만, 볼썽사납게 박혀 있던 펜 통은 저 멀리 책상 위에 놓여져 있었다.

“오!”

아프지도 않았고, 과다한 출혈도 없었다.

조금 쓰라리기는 했지만 그 약 때문인지 그렇게 고통스럽지는 않았다.

“대단해!”

내 감탄사에 거지원장은 어깨만을 으쓱하는 여유를 보였

다. 이 거지원장이 보잘것없어 보여도 실력 하나는 제대로인 모양이다.

"신경이 살짝 상했어. 아마 세 달간은 오른손을 못 쓸 게다. 검사가 손을 못 쓴다는 건 치명적일 텐데……. 혹시 왼손잡이인가?"

"그럴 리가 없잖아?"

솔직히 4, 5개의 펜이 손에 숭숭 박혔으니 신경이 멀쩡하면 그게 더 이상한 거였다.

나는 붕대 때문에 퉁퉁해진 내 오른손을 바라봤다.

오른손을 못 쓰면 밥 먹을 때도, 뻣뻣대마왕의 수업을 받을 때도 힘들 텐데…….

"호오, 그럼 네 수업 못 받겠다?"

나는 의미심장한 미소를 지으며 뻣뻣대마왕을 쳐다봤다.

놈은 심경이 복잡한 표정이었다.

앞으로 나를 괴롭히지 못할 생각에 벌써 괴로운 모양이다.

'너무 실망하는데?'

놈의 힘없는 표정을 보니까 그가 날 괴롭히는 걸 얼마나 좋아하는지 단번에 알겠다.

"네가 그러고도 교수냐? 내가 왼손잡이가 아닌 한 넌 날 괴롭힐 수 없어. 인정해."

그때 나는 뻣뻣대마왕의 표정이 밝아지는 걸 볼 수 있었다.

말을 잘못한 걸까?

나는 조마조마한 심정으로 놈의 입이 열리기를 기다렸
다.

"앞으로 왼손으로 수련해라. 진정한 검사는 양손잡이
다."

"……."

말을 잘못해도 한참 잘못했다.

왼손?

"난 강한 오른손잡이야!"

"그게 어쨌단 말이지?"

"그 말은 왼손으로는 아무것도 못한다는 말이야! 포크로도
작은 고기를 못 집어먹을 정도로 서툴다고!"

"이참에 왼손을 단련하면 되겠군."

뻣뻣대마왕은 대수롭지 않은 일이라는 듯이 쉽게 대답했
다.

"너, 진담이냐?"

"내가 농담하는 걸 본 적이 있나?"

"……."

뻣뻣대마왕의 상기된 표정을 보며 나는 오한에 몸을 부르
르 떨었다.

난 지금까지의 나날들이 지옥인 줄 알았다.

설마 지옥이 날 따로 기다리고 있는 줄은 예상도 못했다.

큰일 났다.

7

나와 뻣뻣대마왕이 의료원을 나오려던 찰나였다. 뻣뻣대마왕이 내일 죽을 수 있도록 저주를 열심히 하는데,

"안톤이 의식을 찾았어요!"

간호사복이 잘 어울리는 이기적인 몸매의 여인이 상기된 목소리로 거지원장에게 말했다.

거지원장은 간호사의 말에 황급히 중환자실로 달려… 가지 않고, 간호사의 나이스 바디를 훔쳐보며 침을 줄줄 흘리고 있었다.

"저 노인네가?!"

누구는 뻣뻣대마왕과 지옥 탐방을 하는데, 누구는 이런 곳에서 편하게 나이스 바디나 감상하면서 침이나 줄줄 흘리고!

"저 사람, 해고시켜."

'…아니면 나도 여기 취직시켜 주든가' 라는 말을 억지로 삼켰다. 주위를 둘러보니 저런 S급 간호사 누님은 한 분만 계신 게 아니었다. 적어도 너댓 분이 더 근무하고 계셨다.

"뻣뻣대마왕! 저 자식들, 다 꾀병이야! 빨리 여기서 쫓아내!"

중환자실이 아닌 이 바깥에 누워 있는 놈들은 가벼운 외상이나 조금 심한 골절을 입은 학생들이 대부분이었다. 그러니까 외상 후 스트레스 장애를 최소화하기 위해 특별한 휴식을 취하고 있단 말이다.

간호사 누님들의 부드러운 손길의 어루만짐을 받으며 '헤헤' 하고 음흉하게 웃는 걸 보면 아주 제대로 된 휴식을 취하고 있었다.

"뻣뻣대마왕?"

뻣뻣대마왕의 눈이 가늘어졌다.

"……."

내가 지금까지 뻣뻣대마왕이라고 부른 적이 없었나? 아니면 거의 지나가듯 불렀나?

"아니야!"

나는 황급히 얼버무렸다.

뻣뻣대마왕은 수상쩍은 표정으로 무슨 말인가를 하려 했지만, 다행히도 거지원장이 중환자실에서 나와 뻣뻣대마왕의 관심을 끌었다.

"안톤은 괜찮습니까?"

"괜찮네. 회복력이 빨라 두 달 정도면 완쾌할지도 모르겠네.”

“들어가 봐도 되겠습니까?”

뻣뻣대마왕의 말에 나는 중환자실의 문에 붙여 있는 경고
문을 가리켜 줬다.

의사 및 간호사 외 출입 금지.

의사 및 간호사에 뻣뻣대마왕은 포함되어 있지 않았다.

그런데…….

“괜찮네.”

뻣뻣대마왕은 대답이 떨어지자마자 중환자실로 들어갔
다.

“…….”

나는 뻣뻣대마왕이 들어간 중환자실을 멍하니 바라봤다.

이 요하네스에 규칙이 존재하는 이유는 둘째 치고…….

‘나도 데려가야지!’

뻣뻣대마왕이 들어간 이상 규칙 운운하는 건 뭔가 맞지 않
았다. 게다가 혼자 남겨지는 건 썩 좋은 느낌이 아니었다.

나는 거지원장을 물끄러미 쳐다봤다.

그러자 거지원장은 피식 웃으면서 고개를 묵묵히 끄덕였
다.

"에헴."

나는 경고판을 가리키고 있던 손을 조용히 내리며 중환자
실로 천천히 향했다.

괜히 머쓱했다.

철컹!

중환자실을 열고 들어가자 새로운 세상이 나를 맞이했다.
퀴퀴한 냄새에 어느 정도 익숙해졌다고 생각했는데, 중환자
실과 저 밖의 악취 농도는 차원을 달리했다.

뻣뻣대마왕은 왼쪽에 누워 있는 두 명의 중앙에 서 있었다.
온몸에 붕대를 돌돌 말고 있어서인지 그들이 확실히 흉터괴
물이나 마빡대표인지는 알 수 없었지만, 적어도 두 명은 구분
할 수 있었다.

곰만 한 덩치의 흉터괴물은 몸을 뒤척이고 있었고, 그에 비
해 왜소하기 짝이 없는 마빡대표는 여전히 죽은 듯이 누워 있
었다.

"어떻게 할 거냐?"

"……?"

"의식은 찾았으니까 곧 말을 할 수 있을 정도로 기력을 회
복할 거 아니야."

"그런데?"

"그럼 네가 거짓말했다는 게 들통나잖아!"

슬슬 열 받기 시작한다.

분명히 같은 배를 탔는데 뻣뻣대마왕은 정말 아무런 동요
도 보이지 않았다. 그것도 하루 종일.

"그래서 어쨌다는 건가?"

뻣뻣대마왕은 정말로 '찢어 죽일 듯이' 나를 노려봤다.
'한 번만 더 물어봐라' 라고 말하는 것 같기도 하고…….

가슴 깊은 한구석에서 샘솟던 용기가 흔적도 없이 사라져
버렸다.

나는 풀이 죽어 중얼거리듯 말했다.

"교수가 거짓말이나 하고……. 학생들이 어떻게 생각하겠
어?"

나는 이리저리 뒤척이는 흉터괴물을 보며 아주 작은 살인
충동을 느꼈다. 이대로 고이 주무시면 모든 평민들이 날 우러
러보며 편한 생활을 할 수 있을지도…….

"뭐라고 했나?"

그때 나는 기적을 목격했다.

뻣뻣대마왕이 처음으로 반응을 보였다. 그냥 짜증내는 게
아니라 정말 관심이 있는 얼굴이었다.

'약점!'

다시 용기가 샘솟는다.

"요하네스의 평민들은 널 원칙주의자로 생각해. 보통 사람

은 원칙주의자를 싫어하지만 너는 꽤나 신봉자가 많아. 그건 아마 네 그 '아이스 빔'과 무뚝뚝함에서 나오는 카리스마에서 기인된 거라고 생각돼."

"……."

뻣뻣대마왕의 표정이 급속도로 굳자 나는 빨리 본론을 꺼냈다.

"어쨌든 그런 네가 거짓말을 한다고 생각해 봐. 너에 대한 평민들의 환상이 처참하게 깨질걸? 발레키나 하는 거짓말을 천하의 뻣뻣대마왕이? 앞으로 지도하는 데 평민들의 악의가 느껴질 거야."

"……."

이번에는 조금 다른 이유에서 뻣뻣대마왕의 표정이 굳었다. 턱을 괸 모습을 보니 이 일에 대해 곰곰이 생각하는 모양이다.

나는 조미료를 더했다.

"생각을 해봐. 이 거짓말은 너무도 커. 무엇보다도 그 거짓말이 검술에 대한 허풍이잖아. 이 세상에서 검사들이 가장 싫어하는 게 허풍이라고 말한 게 너 아니었어?"

뻣뻣대마왕이 곤혹스러워하는 모습을 보이자 입가에 저절로 미소가 걸렸다.

"평민들이 너한테 느끼는 배신감은 결국 모두 내가 정면으

로 받아내야겠지만, 그래도 그들이 널 바라보는 눈빛이 변할
거야."

흐뭇한 미소가 걸렸다.

내가 생각해도 좋은 공격이었다.

그 결과로 뻣뻣대마왕은 심히 고민하는 표정이었다. 게다
놈의 빠릿빠릿한 눈에 초점이 사라진 걸 보면 아주 깊게 고민
하는 것이 분명했다.

하지만 아직 부족했다.

조금 더 강렬한 한 방이 필요했다.

그때 뇌리를 스치는 아주 흐뭇한 한 방이 떠올랐다.

"발레키 취급을 받아도 좋아?"

"……!"

뻣뻣대마왕의 눈이 살짝 커졌다. 뻣뻣대마왕 표정 주석보
감을 통해 해석을 하자면, '백 번을 죽는다 해도 있을 수 없는
일!'의 표정이라 할 수 있었다.

그때였다.

"으음."

흉터괴물이 자리에서 일어나려 하고 있었다. 의식을 온전
히 찾고 어느 정도 기력까지 회복했는지, 눈을 게슴츠레 뜬
상태로 상체를 반쯤 일으켰다.

"……!"

나는 어쩔 줄을 몰랐다.

'일어나면 안 되는데! 깨어나면 안 되는데!'

난 나도 모르게 검집에 손을 갖다 대었다. 옳지 않은 일인 건 알았지만 그래도!

내가 미처 검을 뽑기도 전이었다.

팍!

뺏뺏대마왕이 익숙한 솜씨로 흉터괴물의 뒷목을 손날로 후려쳤다.

"……."

흉터괴물은 그렇게 다시 정신을 잃었다. 놈의 안색이 파리한 걸 보면 어째 쉽게 회복될 것 같지는 않았다.

난 뺏뺏대마왕의 행동에 입을 다물 수가 없었다.

"뭐 하는 짓이야?!"

뺏뺏대마왕에게 비이성적인 부분이 있을 거라고는 생각했지만…….

이건 아니었다.

"대책을 강구할 때까지는 이 상태를 유지하고 있어야 한다."

조금 더 직설적으로 표현하자면, '발레키 취급은 받을 수 없다' 라고 할 수 있을까?

뺏뺏대마왕은 결의에 가득 찬 얼굴이었다.

나는 고개를 절레절레 흔들었다.

‘그래도 시간은 벌었으니까.’

영구적인 대책이 될 수는 없겠지만 일시적인 방편으로 볼 수는 있었다.

사실 이 정도면 만족스러운 결과라고 볼 수 있었다.

나는 미소를 지었다.

뻣뻣대마왕의 자존심을 잘 자극하면 앞으로 내가 원하는 대로 그를 조종(?)할 수 있을지도 모른다는 생각에 벌써 흥분되기 시작했다.

‘더 이상 당하지 않아도 돼!’

일방적으로 당한 지난 시절을 생각하면…….

눈물이 글썽거리기 시작했다. 하늘이 무너져도 솟아날 구멍이 있다는 말이 틀린 게 아니었다.

나는 뻣뻣대마왕을 돌아봤다.

그는 흉터괴물의 상태를 점검하고 있었다. 심장 박동 수를 들어보기도 하고, 눈꺼풀을 벌려 눈동자의 상태 역시 확인했다.

“앞으로 2주일은 안전하다.”

“…….”

뻣뻣대마왕의 집요함에 치가 떨렸다.

그래도 신께서 저렇게 집요한 뻣뻣대마왕을 내가 조종할

기회를 주셨으니 아주 효율적으로 사용해야겠다.

물론 나는 신께서 아직 내 손을 들어줄 마음이 없으시다는
걸 깨닫게 되었다.
먼 훗날의 일이 아니었다.
바로 10분 후의 일이었다.

8

"다시 말해봐."
미처 예상하지도 못한 상태에서 누군가에게 뒤통수를 세
게 후려 맞은 느낌이었다.
"허풍을 사실로 만들면 이 상황을 쉽게 타개할 수 있다."
"……."
난 어처구니가 없어서 말이 나오지가 않았다.
이가 갈리고 몸이 부르르 떨린다.
"넌 내가 2주일 동안 지옥 훈련을 받으면 대표 둘을 때려눕
힐 수 있는 실력이 생길 거라고 생각하는 거냐?"
뻣뻣대마왕은 인상을 썼다.
'미쳤나?' 라고 얼굴에 도배를 해놨다.
"그런 생각은 눈곱만치도 없다."

"그럼 이게 어떻게 해결책이 될 수 있어?!"

난 뻣뻣대마왕과 함께 그의 강의실에 있었다. 보통은 50여 명의 학생들과 같이 와서 잘 몰랐는데, 단둘이 있으니까 굉장히 넓은 강의실이었다. 살짝 냉기가 도는 게 놈의 성격과 잘 맞는 곳이라는 생각이 들었다.

뻣뻣대마왕은 의료원을 나오는 즉시 이 강의실로 나를 데려왔다.

'대책을 강구해야 한다' 라는 꽤나 설득력있는 말을 하면서…….

물론 그 대책이라는 게 지옥 훈련 2주인 줄 알았다면 이렇게 순순히 따라왔을 리 없다.

"겨우 2주로 6년을 넘게 수련해 온 4단계의 학생들을 따라갈 방법은 없지만, 검술에 어느 정도의 틀은 갖출 수 있게 된다. 넌 동급생들만큼도 기초 수련을 하지 않았기 때문에 네 검술은 상당히 불안정하다. 그 불안정한 낌새를 상급생들이 눈치 채면 어떻게 될 것 같나?"

"……."

구구절절 옳은 말이어서 할 말이 없었다.

"그래도 임시방편에 지나지 않잖아!"

흉터괴물이나 마빡대표가 의식을 다시 찾으면 이 2주간의 지옥 훈련은 물거품이 되어버린다. 난 그렇게 억울한 일을 이

겨낼 수 있는 정신력이 없다. 지옥 훈련은 훈련대로 받고, 놈들은 깨어나는 대로 깨어나고, 거짓말은 탄로날 대로 탄로나고.

난 그럼 99.9퍼센트 확률로 미쳐 버릴 것이다.

뻣뻣대마왕은 특유의 무표정으로 입을 열었다.

"일단은 2주를 버티는 게 관건 아닌가?"

"그건 그렇지만……."

이상하게도 수긍이 되어버린다.

그렇지만 아무리 생각해도 이해가 되지 않는다. 이해가 되지 않는 데도 사람을 수긍하게 만드는 뻣뻣대마왕의 '암흑 능력'에 대해서도 샅샅이 파헤쳐 보고 싶기도 했지만, 우선순위라는 게 있었다.

"2주가 지나면 또 이런 상황이 될 거 아니야!"

"그럼 지금 그냥 탄로나는 게 좋은가?"

"…아니."

"그럼 어떻게 하자는 거지?"

"……."

다시 할 말이 없어졌다.

졌다.

"그럼 이제 검을 잡아라."

나는 마지못해 검을 들었다. 내 가볍기 짝이 없는 칙칙한 검이 부들부들 떨린다.

"……."

내 왼손에 힘이 얼마나 없는지 검을 반듯이 들 수가 없었
다.

"하아!"

적잖게 한심한지 나는 처음으로 뻣뻣대마왕의 한숨을 들
을 수가 있었다.

얼굴이 화끈거리는 와중, 나는 시키지도 않은 일자 베기를
시작했다.

검을 왼손으로 잡았기 때문에 오른쪽에서 왼쪽으로 한 번
검을 휘둘렀다.

휘익!

캉!

"……."

일단 베었으면 검이 멈춰야 하는데, 이 칙칙한 검 녀석은
내 왼손에서 벗어나 저 멀리 날아갔다. 정확하게 표현하자면
뻣뻣대마왕을 살짝 빗나가 벽에 박혔다고나 할까?

"하아아!"

뻣뻣대마왕의 한숨이 길어졌다.

놈의 동정 어린 눈빛에 나는 어색하게 어깨를 으쓱할 뿐이
었다.

9

난 벽난로를 쬐면서 교지를 보고 있었다. 그렇다. 이 요하네스에는 교지도 존재했다.

요즘 교지에는 선거 이야기밖에 없었다. 원래는 일주일에 한 번 교지가 나오지만 선거 때문인지 매일 특보로 후보자의 지지율을 알려주었다.

교지에는 눈곱만큼도 관심이 없는 내가 교지를 읽고 있는 유일한 이유였다.

아신 가의 크리스티안! 화제 집중!

갑자기 나타난 다크호스, 크리스티안. 막판에 치열한 선거에 참여하면서 크로우 캡틴 선거는 새로운 판국으로 접어들게 되었다.

아신 가라는 빵빵한 배경은 물론, 4단계 학생 중 최고의 실력자로 정평이 난 주몬의 남자 대표 쿠삭과 바알의 남자 대표 안톤을 동시에 무너뜨리며, 작은 상처조차 없을 정도로 뛰어난 검술까지 보유하고 있다.

거기에다 주몬 선거운동위원회의 효과적인 홍보 전략에 힘입어 크리스티안의 지지율은 어제 정오를 기점으로 50퍼센트를 넘어섰다.

이에 따라 바알과 사이의 선거운동위원회 역시 사력을 다한 운동을 펼쳤지만, 크리스티안의 지지율에는 영향을 미치지 못했다.

6년간 인지도를 쌓은 다른 후보자들을 우습게 만든 크리스티안, 그는 누구인가?

같은 1단계 학생들에게 물었다.

공통 과정 중 같은 방을 썼다는 사이의 1단계 학생 그렉은 '정말 착한 아이입니다. 겉은 차가워 보이지만 속은 누구보다도 부드러운… 애정이 필요한 아이입니다'라고 말했다.

꾸깃꾸깃.

나는 교지를 동그랗게 구겨서 쓰레기통에 쑤셔 넣었다.

넓적얼굴이 미쳐도 단단히 미쳤다.

'애정이 필요한 아이?'

당장에 달려가서 놈의 몸을 비틀어 버리고 싶은 충동에 휩싸였다.

"내가 캡틴이 되겠네."

다리베개 위에 발을 올려놓으며 기지개를 켰다.

객관적으로도 주관적으로도 내가 캡틴이 될 수밖에 없었다. 내 지지율이 50퍼센트를 넘어선다는 뜻은, 나머지 두 후보의 지지율을 합쳐도 나에 못 미친다는 말이었다.

기분이 묘했다.

캡틴이 되면 상급생, 하급생의 구분 없이 내가 가장 큰 권력을 가진 셈이다. 물론 나 같은 고귀한 몸은 그런 자리에 어울리지만, 그래도 불안한 게 한두 가지가 아니었다.

뻣뻣대마왕은 동요하지 않았지만 나는 매일 밤 흉터괴물과 마빡대표가 쥐도 새도 모르게 죽기를 기도했다.

물론 날 이 요하네스에 입학시킨 그날부터 신은 내 편이 아니라는 걸 알 수 있었다.

"후우!"

선거가 막상 닥쳐 오니 긴장되었다. 캡틴이 정확하게 무슨 일을 하는지, 심지어는 크로우가 어떤 세력인지 윤곽조차 잡지 못한 상태에서 캡틴이 된다고 생각하니 긴장될 수밖에 없었다.

그때 뇌리를 스치는 의문이 있었다.

내가 캡틴 후보에 오르는 그날부터 생긴 의문이었다.

'발레키는 도대체 무슨 생각을 하는 걸까?

내가 캡틴으로 당선되기를 바라는 걸까?

사실 발레키가 무슨 생각을 하는지 조금도 알 수 없기 때문에 짐작밖에 할 수 없었다. 물론 그 어떤 짐작도 상식적으로 맞지 않았다.

'또 뻣뻣대마왕의 의도는 뭐야?

정말 나를 괴롭히는 걸로 만족하는 걸까?

내가 평민들의 우상이기를 바라는 건가?

발레키만큼이나 뻣뻣대마왕도 이해할 수 없었기 때문에 이 수많은 의문을 그냥 접어둘 수밖에 없었다.

"크리스!"

밝은 목소리가 귀를 간질였다.

나는 어느새 지그시 감은 눈을 떴다.

조금 상기된 환상얼굴이었다.

"……?"

"쿠삭이 깨어났어!"

"……!"

죽었다.

10

나와 4단계 간부들은 의료원으로 달려갔다. 그중에서 나는 그야말로 발에 땀이 날 정도로 빨리 뛰었다. 운이 좋으면 간부들이 들이닥치기 전에 마빡대표를 기절시킬 수 있지 않을까 싶은 마음에서…….

안타깝게도 누구는 땀을 삐질삐질 흘리면서 달려도 가벼운 조깅을 하듯 다리를 쭉쭉 내뻗으며 달리는 사람을 추월할 수 없었다.

지금만큼은 환상얼굴이 미웠다.

우리가 의료원에 도착했을 때, 마빡대표는 이미 돌아다니고 있었다. 목발을 짚고 있었지만 그래도 흉터괴물과는 달리 일어나 있었다.

"……."

중환자실을 벗어나고 목발까지 짚고 있다는 건 이제 퇴원할 준비가 되었다는 뜻이다.

"여어, 병문안 온 거야?"

마빡대표는 목발을 짚고 있다는 사실을 잊었는지, 목발을 잡고 있던 오른손을 떼더니 우리에게 친히 손을 흔들어주었다.

"어?"

우리가 그의 인사를 받기도 전에 마빡대표의 몸이 기울기 시작했다. 마빡대표는 황급히 균형을 잡으려고 했지만 그의 오른쪽 다리는 제 역할을 하지 못했다.

쾅!

만약 신이 이때만큼은 내 편이 되어주기를 마음먹었으면

마빡대표의 머리가 중환자실의 문에 부딪쳐 몇 주간 의식을 잃게 해주었을 텐데… 마빡대표는 그의 순발력으로 오른쪽 발 깁스를 깔고 앉았다.

완전히 넘어졌으면 그의 머리가 분명히 중환자실 문에 부딪쳤을 텐데 아쉬울 따름이었다.

마빡대표는 멋쩍은 미소를 지어 보였다.

"퇴원하자마자 다시 입원할 뻔했네."

간부들은 소리 죽여 웃었다.

물론 나는 욕이 새어 나오지 않게 입술을 잘근 깨물었다.

조금, 조금만 운이 좋았어도……..

그때였다.

갑자기 중환자실 문이 홱 열렸다.

쾅!

몸이 뒤쪽으로 기울어져 있던 마빡대표는 문에 머리를 제대로 얻어맞고 뻗어버렸다.

"……."

갑자기 신이 내 손을 들어주었다.

나는 나와 신 사이에 다리를 놔준 사람을 바라봤다.

'뻣뻣대마왕!'

뻣뻣대마왕은 능청스럽게 마빡대표를 일으켰다. 꼭 실수인 마냥 조금 놀란 기색을 보이는 것 역시 잊지 않았다.

"쿠삭!"

환상얼굴을 비롯한 4단계의 간부들이 마빡대표에게 달려갔다.

그녀가 그를 이리저리 흔들어보기도 했지만 뻣뻣대마왕이 소기의 목적을 달성했는지 미동도 하지 않았다.

나는 비릿한 미소를 지으며 뻣뻣대마왕을 바라봤다.

놈은 애써 내 시선을 피했다.

그는 어색하게 주위를 둘러보고는 은근슬쩍 현장에서 벗어나기 시작했다.

난 뻣뻣대마왕에게도 귀여운 구석이 있다는 사실을 알게 되었다.

11

"양손을 자유롭게 쓸 수 있는 단계에 이르기까지는 피나는 노력을 요한다. 어렵게 수련할수록 얻을 수 있는 효과는 커지며, 이 특별 훈련도 일찍 끝난다."

"하압!"

하루 종일 일자 베기를 연습했지만 익숙해질 기미가 없었다. 사실 내가 연습하고 있는 게 일자 베기인지 곡선 베기, 혹은 자기 멋대로 휘두르기인지 모르겠다.

오후 할당량을 위해 간단한 베기를 30여 차례만 했지만, 이미 온몸이 땀에 젖어 들어갔다.

게다 오른손은 조금도 움직일 수가 없어서 더 불편했다.

원래 남는 손이라고 해도 자세를 잡는 데 큰 도움이 된다. 그러나 안타깝게도 지금 내 오른손은 미동만 해도 크게 쓰라리기 때문에 오히려 짐이 되고 있었다.

"아, 짜증나!"

더 이상 휘두르기 싫었다. 검이 제멋대로 휘둘러지는 것에 짜증났고, 이제는 검을 제대로 쥘 수도 없을 정도로 체력이 떨어졌음에 짜증이 났다.

카강!

난 표정을 구기며 검을 집어 던지고는 자리에 풀썩 주저앉았다. 분명히 뻣뻣대마왕이 잔소리를 하겠지만, 그 모든 걸 감수하고라도 쉬어야 했다.

나는 눈을 지그시 감으며 '벌써 포긴가? 한계를 시험하지 않고는 성장할 수 없다'로 시작될 뻣뻣대마왕의 연설을 기다렸다.

"……."

한참이 지나도 들리지 않자 나는 뻣뻣대마왕을 올려다봤다.

별로 신경을 쓰지 않는 얼굴이었다.

나는 이때가 기회다 싶어 놈에게 물었다.

"나한테 이런 지옥 훈련을 시키는 이유가 뭐냐? 솔직히 너도 힘들지 않냐?"

단순히 날 괴롭히기 위한 거라고 생각하기에는 힘들었다. 뻣뻣대마왕이 그런 종류의 쾌락을 즐기는 사람이라고 생각하기는 힘들었다.

그렇다고 거짓말을 지키기 위해서 이러는 것도 아니었다.

처음에는 놈의 자존심 때문이라는 게 그럴싸하게 들렸지만, 이틀이 지난 지금 그런 게 아니라는 걸 느낄 수 있었다.

그리고 말만 잘하면 놈에게 이 지옥 훈련을 포기하게 만들 수 있을 것만 같았다.

"네게 벌을 주는 게 즐거워서다."

"……."

'장난치지 마!' 라고 말해주려는데 놈의 표정이 너무도 진지했다.

"살짝만 건드려도 발끈하고, 조금만 머리를 써도 쉽게 굴릴 수 있는 단순한 사람에게 벌을 내려주는 건 언제나 즐겁다."

"……."

입이 쫙 벌어졌다.

저런 말이 나올 마지막 사람을 뻣뻣대마왕이라고 생각했는데!

"변태냐? 그런 걸 즐겨?"

뻣뻣대마왕은 한쪽 눈썹을 들며 태연하게 고개를 끄덕였다.

"교수의 입에서 그런 말이 나오냐? 학생을 괴롭히는 게 즐거워? 이거, 해고감 아니야?"

"……."

내가 조금 심하게 말했을까?

뻣뻣대마왕의 표정이 살짝 굳었다.

"입이 살아 있는 걸 보니 그렇게 피곤하지도 않은 모양이군. 일자 베기를 100회 더 해라. 그래야 간다."

"그런 게 어디 있어?!"

"빨리해라. 네가 쉬는 시간이 길어질수록 그 횟수를 제곱할 수도 있으니까."

제곱이라는 말에 웃음이 피식 나온다. 100의 제곱이면 10,000번인데, 솔직히 제정신인 사람이 학생에게 10,000번 동안 검을 휘두르라고 하지는 않…….

'하지만 상대는 뻣뻣대마왕!'

나는 속으로 뻣뻣대마왕을 저주하며 자리에서 벌떡 일어났다.

뻣뻣대마왕은 한다면 하는 놈이다.

"하압!"

너무 짧게 쉬어서인지 단 한 번의 베기도 힘겨웠다. 근육이 갈라지는 느낌이라고나 할까? 횟수가 더해지면서 초인적인 인내심을 요구하기 시작했다.

"호흡을 길게 해라. 숨을 길게 쉬어야 폐활량이 늘어난다. 그리고 몸이 검로를 기억할 수 있게 신경을 써라. 무작정 휘두른다는 생각이 아닌, 정확한 일검을 펼친다는 마음가짐으로 훈련에 임해라."

몸도 힘들고 머리도 아프다.

모든 게 뻣뻣대마왕의 덕분이다.

휘익!

"……!"

가끔은 이런 느낌이 있다.

정말로 힘들어 죽겠는데 어떤 일검에는 힘이 넘친다. 항상 그런 건 아니다. 그런데 왠지 검을 아주 제대로 휘두른 느낌이 든다. 그런 느낌이 들 때면, '어? 어떻게 한 거지? 또 하고 싶다' 와 같은 욕구가 샘솟는다. 정확한 검을 휘두른다는 건 정말 즐거운 일이었다. 그리고 그 정확한 검을 휘두르는 그 느낌. 그 느낌이야말로 사람들이 몸을 혹사하면서까지 검술을 배우는 이유 중 하나 같았다.

휘익!

"……"

하지만 그 느낌은 항상 오지 않는다. 아주 드물게 온다. 만 번을 휘둘러 그중 한 번 느낌을 받으면 재수가 더럽게 좋다고 할 수 있다.

휘익!

"짜증나."

그 느낌을 얻기 위해서 검을 계속 휘두르면 느끼게 되는 감정이 있다.

휘익!

"열 받아!"

휘익휘익휘익!

나는 검을 마구잡이로 휘둘렀다. 뻣뻣대마왕이 잔소리를 할 게 분명했지만, 이렇게 하지 않으면 분이 풀리지 않을 것 같았다.

분노.

그 느낌은 절대로 연달아서 오지 않는다.

아주 드물게 온다.

그 느낌이 존재함을 잊어먹을 즈음에 온다는 말이다.

그래서 분노를 느낀다.

신경을 조금도 쓰지 않은 휘두름에 그 느낌이 찾아오는데,

그 느낌을 느끼려고 죽어라 검을 휘둘러 봐야 팔이 빠지는 느낌 이외에는 그 어떤 감각도 느껴지지 않는다.

이전에 뻣뻣대마왕이 말해준 적이 있는 감각이었다.

"그 느낌이 모든 휘두름에 담길 때까지 수련해야 한다."

그게 검사의 궁극적인 경지라고 하던가?

물론 그 말에 대한 감상평은 항상 똑같다.

'개소리.'

난 고개를 절레절레 흔들었다.

내가 검술을 좋아하는 날은 평생 오지 않을 것이다.

"집중해라."

휘익!

어쩌면 또 모른다.

내가 검술을 어느 정도는 인정하고 있고, 또 마음의 일부분에서는 검술을 좋아하고 있는지도.

적어도 내가 이런 지옥 훈련을 버텨내기는 하지 않는가.

"50회 추가."

"…에엑? 왜?!"

"집중하라고 했다."

"……"

내가 집중하고 있는지 안 하고 있는지 정말 귀신같이 알아
맞힌다.

오리발을 내밀 수도 있지만 놈과 말다툼에 휘말려 봤자 횟
수만 늘어날 뿐이다.

휘익!

나는 한숨을 쉬며 다시 일자 베기를 했다.

'미쳤냐, 내가 검술을 좋아하게?

뻣뻣대마왕은 내가 제정신을 차릴 수 있게 해주었다.

내가 죽었다 깨어나도 검술을 좋아할 리는 없다.

이건 진리다.

12

투표는 중앙 복도에서 이루어진다.

중앙 복도에는 계열마다 사용할 수 있는 천막이 따로 있었
고, 그 천막 안에서 투표 용지에 자신이 뽑을 후보의 계열을
써 넣은 다음, 뻣뻣대마왕이 지키고 있는 선거함에 잘 접어서
넣는 방식으로 투표는 진행된다.

선거 날에는 수업이 없고, 자기가 원하는 시간에 가서 투표
를 하면 된다.

선거 전날 교지를 통해 유권자들의 지지율을 확인한 주몬

들은 축제 분위기였다. 50퍼센트를 넘어 55퍼센트의 지지율을 보였기 때문에 내가 캡틴이 될 거라는 사실을 의심하는 사람은 없었다.

주몬뿐만 아니라 바알과 사이에서도 그 사실을 아는 듯 그들의 간부들은 하루 종일 풀이 죽어 있었다.

난 선거의 후보자이기 때문에 하루 종일 이 중앙 복도에서 자리를 지키고 있어야 했다. 학교 전통이라고 하던가?

어차피 내가 당선되는 게 확실했기 때문에 어디 가서 쉬려고 하던 내 계획은 처참하게 무너졌다. 대신 나는 아침부터 저녁때가 다가오는 지금까지 다리를 꼰 채로 앉아 하품을 하며 주위를 둘러보고 있었다.

항상 느끼는 거지만 투표를 하는 모습의 그 어떤 부분도 흥미롭지 않았다. 모두 얼굴만 달랐지 하는 행동은 똑같았다. 천막 안에 들어갔다가 용지를 접으면서 나오고, 선거함에 그 용지를 집어넣는다.

아직까지 내가 미치지 않았다는 사실이 놀라울 뿐이었다.

그때 긴 줄에 선 깐깐안경이 보였다. 간혹 그녀와 길에서 스쳐 지나가기는 하는데 언제나 그렇듯…….

"……."

나와 눈이 마주치자마자 고개를 돌려 버린다. 그냥 자연스럽게 고개를 돌리는 것도 아니고, 상대가 무안해하든 말든 홱 돌려 버린다. 안 그래도 싸늘한 인상의 얼굴인데 표정까지 구기면서.

난 그녀를 향해 욕을 중얼거리면서 눈을 돌렸다.

"……!"

굳이 보려고 하지는 않았지만 누군가가 손을 흔들고 있었다. 주먹코와는 비교가 되지만 어지간한 상급생보다도 덩치가 좋은 넓적얼굴이 손을 흔들고 있었다. 그것도 크게 흔들고 있어 보이지 않을 수가 없었다.

놈의 웃는 낯짝을 보면, '나 여기 있어! 좀 봐줘!' 라고 말하는 것 같기도 하고…….

넓적얼굴의 뒤에는 왜소한 뱁새눈이 불만에 가득 찬 표정으로 무엇인가를 중얼거리고 있었다. 분명히 내 욕을 하고 있으리라.

나는 한숨을 쉬며 고개를 돌렸다.

선거가 그의 끝날 시간에 다 되었는 데도 줄이 줄어드는 것 같지 않았다. 아니, 오히려 길어진 느낌이다. 게으른 평민 놈들, 일을 막판까지 미루는 습성은 알아줘야 했다.

쿵쿵!

그때 중앙 복도에서 투표를 하기 위해 기다리던 수백 명의 평민들 시선이 왼쪽 복도로 쏠렸다.

수백 명의 평민들 중에서도 단연 덩치가 가장 큰 인물이 걸어오고 있었다.

험악한 인상과 거대한 덩치도 무기라고 할 수 있었는데, 그것도 모자라 보통 사람의 키보다도 길고, 비상식적으로 두꺼운 양손 대검을 들고 오는 놈이었기에 평민들은 황급히 길을 비켜주기 시작했다.

'흉터괴물!'

붕대를 대충 푼 채로 씩씩거리며 나에게 다가오는 그는 흉터괴물이었다.

"……!"

놈과 눈이 마주치자 그가 얼마나 광분한 상태인지 느낄 수 있었다. 이미 놈이 뻣뻣대마왕의 거짓말에 대한 모든 사실을 알고 있다는 것쯤은 직감으로 알 수 있었다.

"크리스, 검을 뽑아라!"

흉터괴물의 우렁찬 목소리에 중앙 복도가 쩌렁쩌렁하게 울렸다.

난 어느새 떨리기 시작하는 손으로 황급히 검을 뽑았다. 그의 도전을 받아주기 위해서가 아니라, 당장에 검을 뽑지 않으면 허무하게 죽을지도 모른다는 생각에서였다.

나는 뻣뻣대마왕에게 구원을 요청하는 눈빛을 보냈다.

"……."

뻣뻣대마왕은 자연스럽게 중앙 복도를 벗어나기 시작했다.

쿵쿵!

흉터괴물은 특유의 동물적인 스텝으로 성큼성큼 다가왔다.

난 천천히 일어섰다. 안 그래도 내가 월등히 작은데 앉아 있으면 더 위축될 것만 같았기 때문이다.

흉터괴물은 씻지 않아서 굉장히 초췌한 모습이었다.

"대련 신청은 받지?"

나는 내 검을 매만지며 떨리는 마음을 차분히 가라앉혔다.

"아니. 이미 투표가 끝나가고 있는 거 안 보여?"

이제는 후보자를 탈락시킬 수가 없었다.

"그리고 넌 후보도 아니잖아?"

후보자는 선거운동을 할 수 있어야 하는데, 흉터괴물은 선거운동을 할 수 없는 상태여서 후보에서 탈락되었다.

흉터괴물은 특유의 살인 미소를 지어 보였다.

"널 불구로 만들면 재선거를 해야 하지 않겠나?"

"……."

몸이 다시 떨려오기 시작한다.

그와 마빡대표가 서로 검을 나누던 장면이 뇌리를 스쳐 지나가면서 놈에 대한 공포심은 증폭되어 갔다.

그때 학생들이 줄을 잘 설 수 있게 안내하던 환상얼굴이 구원의 손길을 내밀었다.

"안톤, 이제는 다 나은 거야?"

팽팽한 긴장감이 감돌고 있는 상황에서 환상얼굴의 목소리는 조금은 더 느슨하고 여유있는 분위기를 자아냈다.

"그, 그렇지. 난 원래 튼튼하잖아. 헤헤."

머리를 긁적이며 붉게 달아오른 얼굴로 말하는 흉터괴물을 보며 안도의 한숨을 쉬었다.

환상얼굴이 옆에 있는 한 흉터괴물이 미친놈마냥 달려들지는 않을 것이다.

"그런데 아직은 쉬고 있어야 하는 거 아니야? 이렇게 돌아다녀도 돼?"

"쉬고 있어야 한다고는 들었는데……."

흉터괴물은 머리를 긁적였다. 쉬고 있어야 하는 자신이 왜 이렇게 나와 있는 건지 떠올려 보는 모양이다.

그러다 나와 눈이 마주쳤다.

"그래! 저 자식! 저 자식을 손봐줘야 해! 감히 선배들이 없는 틈을 타 크로우 캡틴 자리를 넘봐? 같은 남자로서 저런 기회주의자는 용납할 수 없어!"

"……."

흉터괴물은 눈을 치켜뜨며 나를 노려봤다. 환상얼굴이 나와 그의 중간에 서 있어주지 않았다면 나는 당장에 도망갔을지도 모른다.

그만큼 흉터괴물의 살기는 대단했다.

'그러니까 뻣뻣대마왕의 거짓말은 아직 모른다는 거네?

내가 크로우 캡틴이라는 것과 내 지지율이 그 어떤 후보보다 높다는 것만 아는 듯싶었다.

그러고 보니 흉터괴물의 주머니에 교지가 반쯤 나와 있었다.

"꿀꺽."

그렇다면 최악의 상황은 피했다는 말이지만, 다르게 생각해 보면 지금이 최악의 상황이 아님에도 불구하고 흉터괴물이 이 정도로 광분했다는 뜻이다.

그렇다면 흉터괴물이 뻣뻣대마왕의 거짓말을 알게 되면?

"……."

생각하고 싶지 않았다.

상황을 정리하는 중에도 흉터괴물과 환상얼굴의 대화는 계속되고 있었다.

"크리스에게는 자격이 있잖아. 너한테도 있었는데 안타깝게도 없어졌고. 그 사실을 그냥 받아들이면 안 돼?"

"……."

광분하던 흉터괴물은 환상얼굴에 말에 고개만 푹 숙이고 있었다.

다행이라 하면 다행이라 할 수 있는데, 문제는 흉터괴물이 최악의 상황에 이르기 일보 직전이었다. 한 발짝. 한 발짝이면 흉터괴물은 이성을 잃을 것이다.

흉터괴물은 갑자기 의문이 생기는지 환상얼굴에게 물었다.

"어째서 너희는 저놈을 후보로 둔 거냐? 너도 후보가 될 충분한 인지도가 있잖냐?"

"……."

나는 숨죽여 환상얼굴의 대답을 기다렸다. 그녀가 어떻게 대답하느냐에 따라 천국과 지옥의 길이 갈린다.

환상얼굴은 그녀의 얇은 입술로 미소를 지으며 말했다.

"그거야 크리스가 더 적합하다고 생각했으니까 후보로 추천했지. 너도 그렇게 생각하지 않아?"

흉터괴물은 환상얼굴이 확신에 찬 표정으로 말하니 마지못해 고개를 끄덕이는 걸로 보였다.

환상얼굴은 '너와 쿠삭을 이길 만큼 강하니까 적합하다'라는 식으로 말했겠지만, 저런 식으로 말을 갖다 붙여주니 고비를 쉽게 넘길 수 있었다.

"안톤, 이제 빨리 가서 쉬어. 몸이 더 상하면 어떻게 하려고 그래?”

환상얼굴은 눈웃음까지 치면서 흉터괴물의 등을 떠밀며 쫓아냈다.

흉터괴물은 중앙 복도를 벗어나는 그 순간까지도 ‘이게 아닌데…’ 라는 얼굴로 나를 돌아봤다. 그렇지만 환상얼굴이 계속 떠밀고 있었기 때문에 미심쩍은 얼굴로 의료원 쪽으로 갈 수밖에 없었다.

“후우.”

십년감수했다.

13

정확하게 3시간 후 투표 결과를 알려주기 위해 전교생이 중앙 복도에 모였다.

지난 3시간 동안 누군가가 뻣뻣대마왕의 거짓말을 흉터괴물에게 알려줘서, ‘뭐라고? 내가 크리스한테 뻥어? 누가 그런 개소리를!’ 하고 광분하면서 나한테 달려드는 상상을 수백 번이나 했다.

하지만 다행히도 의료원에서 절대 안정을 잘 취하고 있는지 달려올 기미는 보이지 않았다.

급히 마련된 단상 위에는 나를 비롯한 두 명의 후보자가

서 있었고, 중앙에는 발레키가 당선자 발표를 준비하고 있었다.

지금까지 어디에 처박혀 있었는지는 몰라도 딱 중요한 순간에만 나타나는 발레키가 너무도 얄미웠다. 누구는 하루 종일 이 지루한 중앙 복도에 서 있었는데…….

'좋아, 해보는 거다.'

난 크게 심호흡을 했다.

흉터괴물이 나타나고서 나는 앞으로 내가 어떻게 행동해야 하는지, 무엇을 해야 하는지 깨달았다. 이대로 가만히 있다가는 감당하기 힘든 보복을 당할지도 모른다.

"이제 당선자를 발표하도록 하겠어요~"

소풍을 나온 아이마냥 즐거운 목소리로 말하는 발레키 때문에 간신히 잡은 진지한 감정이 흩어졌다.

"당선자는 압도적인 표 차로 주몬의 후보자가 뽑혔답니다."

"우와아아!"

발레키의 발표가 끝나기도 전에 주몬들의 우레 같은 함성 소리가 중앙 복도를 뒤흔들었다. 이미 예상한 결과지만 크로우 캡틴 자리가 중요한 만큼 느끼는 기쁨이 큰 모양이다.

난 쓸쓸한 미소를 지었다.

이제 5분만 있으면…….

"그럼 이제 당선자의 간단한 소감이 있겠어요~"

발레키는 나를 돌아봤다. 그의 유난히 짙고 푸른 눈이 반짝이고 있었다. 항상 그렇지만 약간 힘이 빠지는 미소를 띠었는데, 오늘따라 장난기가 잔뜩 묻어나 있다.

나는 불안한 감정을 뒤로하고 단상 위에서 2천5백여 명의 학생들을 내려봤다. 5단계를 제외한 전교생이 이 자리에 있었다.

지금이다.

내가 이 일의 후폭풍을 최소한으로 줄일 수 있는 기회가 바로 지금 주어졌다. 지금 바로 입을 열어서 그 특정 단어만을 말하면 된다.

하지만 망설여진다.

나는 최연소 캡틴이다. 4단계의 학생들도 나의 말이면 따라야 했고, 건방진 뱁새눈도 더 이상 나를 무시할 수 없다. 어쩌면 이 캡틴 자리가 뻣뻣대마왕의 지옥 훈련을 벗어나는 데 도움을 줄지도 모른다.

여러모로 져버리기 힘들었다.

나는 차마 떨어지지 않는 입을 열었다.

"캡틴으로서 가장 먼저 할 일이 있다."

많은 사람의 앞에 서서인지, 아니면 캡틴이라는 사실에 책임감을 느껴서인지 음성이 묵직하게 나왔다.

모두가 내 말이 집중하고 있는 순간이었다.

"캡틴 자리를 포기하겠다. 그럼 아마 후보를 다시 뽑아 선거를 치르겠지? 어쨌든 나는 캡틴이 될 생각이 없다. 그러니까 알아서들 하라고."

내 폭탄 발언에 평민들이 적잖게 놀랐는지 귀가 아플 정도로 웅성거렸다. 이미 다 이긴 선거에 찬물을 끼얹어서인지 주몬의 간부들은 하늘이 무너진 걸 목격한 얼굴로 날 멍하니 바라보고 있었다.

캡틴이라는 자리가 얼마나 매력적인 건지 알았기에 이걸 떠나보낼 수밖에 없는 상황이 너무도 싫었다. 눈물이 막 나려 한다.

난 뒤를 돌아 단상을 내려오려 했다.

"멈춰!"

이 싸늘한 음성은 친숙했다. 뒤를 돌아보니 저 아래에서 간간안경이 날 찢어 죽일 듯이 노려보고 있었다.

"왜 캡틴의 자리를 포기하는 거지?"

그 질문이 모든 평민들의 관심을 샀는지 중앙 복도를 무너뜨릴 뻔한 웅성거림이 멈췄다. 이제는 귀가 아플 정도로 시끄러운 대신에 부담스러울 정도로 조용해졌다.

"자격이 부족하니까."

나는 하찮은 평민들과는 다르게 고귀한 귀족이기 때문에

사실 생각하고 보면 캡틴에 나만큼 어울리는 사람도 없을 것이다.

하지만 문제는 흉터괴물이나 마빡대표가 그렇게 생각하지 않는 데 있었다.

만약 그들이 내가 캡틴이 된 상태에서 알게 되었으면…….

"……."

죽는다.

이게 최선책이었다. 포기해야 한다. 그래야 내가 짊어지는 죄의 대가가 적어진다. 적어도 놈들이 뼛뼛대마왕의 거짓말을 알게 되어도 나는 캡틴 자리를 포기했으니까 떳떳하지 않겠는가.

물론 뼛뼛대마왕이 내 검술에 대해 거짓말을 했다는 사실을 모르는 깐깐안경은 이해할 수 없다는 표정으로 물었다.

"작은 상처 하나 없이 4단계의 대표 둘을 중태에 빠지게 하는 사람에게 자격이 없다고?"

깐깐안경의 말에 평민들이 동요하기 시작했다. 그들 역시 이해할 수 없다는 얼굴들이었다.

나는 그때 신이 나와 척을 지고자 함을 알게 되었다.

"그게 무슨 말이지?"

분명히 의료원에서 쉬고 있어야 할 흉터괴물이 인파 중에

섞여 있었다. 방금 온 건지, 아니면 원래부터 있었는데 내가 못 본 건지는 몰라도 나는 자리에서 살짝 점프를 했을 정도로 놀랐다.

깐깐안경은 안경을 고쳐 쓰면서 입을 열었다.

"선배님께서 더 잘 아시지 않습니까."

난 귀족이라 평민들에게 존대를 하지 않지만 깐깐안경은 나와 입장이 달랐다.

물론 존대라고 느낄 수 없을 정도로 싸늘하고 딱딱 끊어지는 그런 어투였다.

흉터괴물은 특유의 어슬렁어슬렁 건들거리듯 천천히 깐깐안경에게 다가갔다.

그리고 바짝 붙어 서서 그녀를 내려봤다.

"모르겠으니까 조금 자세히 설명 좀 해줘라."

특유의 살인 미소에 반쯤 풀린 눈은 지금 흉터괴물이 상당히 위험한 상태라는 걸 알 수 있었다.

물론 깐깐안경은 동요하지 않았다. 단지 짜증이 난다는 듯 눈살을 찌푸릴 뿐이었다.

"선배님을 이런 처참한 꼴로 만든 사람이 캡틴으로서의 자격이 없으면 과연 누가 자격이 있는지 궁금했을 뿐입니다. 그게 그렇게 궁금하셨습니까?"

보통 여자들은 흉터괴물과 눈만 마주쳐도 울음을 터뜨리

던데, 깐깐안경은 어떻게 된 여자인지 괴물에게 전혀 주눅 들
지 않고 말을 공격적으로 내뱉을 수 있는 깡이 있었다.

흉터괴물은 깐깐안경의 말을 이해할 수 없다는 표정으로
머리를 긁적였다.

"날 이런 꼴로 만든 사람? 지금 쿠삭 이야기를 하고 있는
거냐?"

"……."

깐깐안경은 놈을 한심하다는 듯이 쳐다봤다.

둘의 대화가 진행되면 될수록 나는 온몸이 굳어가는 걸 느
낄 수 있었다. 빨리 도망쳐야 한다는 사실은 알았지만, 몸이
너무 떨려 움직일 수가 없었다.

"저기, 캡틴으로 당선된 크리스 이야기를 하고 있었습니
다. 혹시 머리도 다치셨습니까? 빠른 쾌차를 기원합니다."

평소의 기분이었으면 깐깐안경의 대꾸에 웃음을 터뜨렸을
텐데…….

'도망가야 해!'

결국에는 최악의 상황이 도래했다. 흉터괴물의 두뇌로는
그 정보를 처리하는 데 시간이 조금 걸리니까 지금 바로 도망
쳐야 했다.

"……!"

그때 흉터괴물이 나를 노려봤다.

놈의 야수와도 같은 눈과 마주치자 온몸이 얼어붙었다. 이건 뺏뺏대마왕의 '아이스 빔'과는 차원이 달랐다. 마음 깊은 한곳에서 우러나오는 분노의 감정이 그대로 눈빛에 담겨 있었다.

그때 흉터괴물이 무릎을 접었다.

수웅~ 쾅!

적어도 3m는 되는 거리에서 박차 올라 단번에 단상 위로 오른 흉터괴물은 내 멱살을 잡았다. 단순히 잡기만 했으면 좋았을 텐데 나를 번쩍 들어 보이는 이벤트까지 마련해 주었다.

"내가 머리가 별로 안 좋거든?"

하마터면 '나도 알아'라고 말할 뻔했다.

"그러니까 네가 이해시켜 줘라. 나를 이런 상태로 만든 게 쿠삭이 아니라 너라는데? 내가 제대로 이해한 건가?"

"……."

이 모든 게 뺏뺏대마왕의 암수라는 사실을 말하려 하는데 입이 떨어지지 않는다.

흉터괴물의 온몸에서 뿜어져 나오는 살기에 내 두뇌는 제 기능을 상실해 버렸다.

"쿨럭."

흉터괴물은 보통 사람의 얼굴만 한 주먹을 갖고 있었기에,

멱살이 잡혀 몸까지 들린 나의 숨통은 거의 틀어막혔다고 볼
수 있었다.

얼굴이 새빨갛게 달아오른 게 느껴졌다.

흉터괴물은 인상을 쓰면서…….

쾅!

"큭."

나를 단상 밑으로 집어 던졌다.

높이가 1m가량 되는 단상에서, 그것도 흉터괴물에 의해
집어 던져졌기 때문에 내가 느낀 고통은 이루 말할 수 없었
다.

허리가 거의 반으로 접혀 버렸다.

평민들 앞에서 바닥에 쓰러져 있다는 사실에 대한 치욕스
러움은 느낄 겨를이 없었다. 척추가 상하지는 않을까 걱정이
될 정도로 등에서 느껴지는 고통은 심각했다.

쿵!

흉터괴물은 그의 육중한 몸으로 단상 위에서 단번에 내려
왔다.

툭툭.

흉터괴물이 내 머리를 찼다. 살짝 건드리기만 하는 데도 기
분이 이렇게 나쁠 수가 없었다.

"자아, 상황을 한번 정리해 보마. 나와 쿠삭이 상대를 탈락

시키려고 사투를 벌이고 있었어. 하지만 워낙에 박빙이다 보니 끝이 보이지 않았지. 의료원에서 깨어났을 때 쿠삭이 내 옆에 누워 있던 걸 보면 결국 승패를 가르지 못하고 둘 다 의식을 잃었다.”

흉터괴물은 앉아서 내 턱을 매만졌다.

그의 야수의 눈은 나를 탐색하듯이 훑어보고 있었다.

“너도 그때 구경하고 있었으니까 모두 알고 있는 사실이겠지?”

흉터괴물은 비릿한 미소를 지었다.

흉터괴물의 말에 평민들은 다시 웅성거리기 시작했다. 속삭이듯 작게 말했지만 그들이 무슨 말을 하고 있는지 또렷이 들렸다.

“어떻게 된 거야? 그럼 대표들이 크리스랑 싸운 게 아니라 대표들끼리 싸운 거였어?”

“그런데 라이오넬 교수님이 직접 크리스가 대표들이랑 싸웠다고 말했잖아.”

“안톤이 라이오넬 교수님을 언급하지 않는 걸 보면 교수님은 마지막에 상황이 정리되었을 때 오신 게 아닐까?”

“그리고 교수님에게 크리스가 거짓말을 한 거고?”

“그런데 왜?”

“특별 대접을 받으려고 그런 게 뻔하지. 그렇지 않아? 상급

생들에게 함부로 대해도 놈이 무서워서 아무 말도 못했잖
아.”

조금씩 단어의 차이는 있었지만 내용은 이렇게 정리될 수
있었다.

그리고 그들이 돌출해 내는 결론은 무서울 정도로 똑같았
다.

‘건방진 놈!’

그들의 눈빛을 보지는 않았지만 모두 느껴진다.

머릿속으로만 그려오던 최악의 시나리오가 눈앞에서 재현
되고 있었다. 안타깝게도 내가 머릿속으로 그려온 것보다 지
금의 상황이 더 복잡하고 나빴다. 게다가 내가 지금 느끼는
이 분노는 미처 짐작도 못했다.

흉터괴물은 턱을 괴었다.

“흐음, 반응을 보니까 모두 이 사실에 대해 모르고 있었던
모양인데? 만약 네가 본 그대로 이들에게 말했다면 저기 저
건방진 네모안경이 나한테 그런 식으로 건방지게 말하지도
않았겠지. 도대체 뭐라고 했냐? 왜 다른 사람들이 널 그렇게
무서워했던 건데? 어?”

나는 놈의 시선을 피했다.

바닥이 차가웠지만 나는 일어날 생각을 하지 못했다.

흉터괴물과 시야에 닿는 일부의 시선으로도 벅찬데 일어

나서 더 많은 시선을 받으면 미칠지도 모른다.

흉터괴물은 조금 과장된 동작으로 머리를 긁적였다. 정말 몰라서 묻는 게 아니라 알고 있는데 나에게 조금 더 큰 치욕을 주려고 마음먹고 있는 것이었다.

"정말 네가 나를 두들겨 팼다고 소문을 낸 거냐? 나뿐만 아니라 쿠삭까지? 크흐흐, 정말 웃음밖에 안 나온다. 겁대가리를 상실했냐?"

사람들이 잠시나마 내가 놈보다 강하다는 생각을 했다는 게 분통 터지는지 흉터괴물은 씩씩대며 나를 번쩍 들었다.

"남자라면 반항을 좀 해봐. 어? 이거 너무 쉬워서 더 괴롭힐 맛이 안 나잖아. 아신 가의 놈이라고 긴장 좀 했더니 이거 뭐, 장난감도 아니고."

너무도 치욕스러워 나는 내 검을 찾았다.

안타깝게도 검은 바닥에 떨어져 있었다. 놈이 나를 내팽개쳤을 때 이미 놓쳤던 것이다.

흉터괴물이 날 두 손으로 번쩍 들고 있는 상태였으니 내가 바닥의 검을 집어 들 수 있을 리가 없었다.

퍽!

결국 나는 주먹으로 놈의 머리를 때렸다.

"악!"

때린 건 나였지만 고통에 찬 일성을 내뱉은 것도 나였다.

놈의 머리는 돌에 비유할 그런 수준이 아니었다. 나는 바위를 쳤나 싶었다.

"호오, 우리 소중한 귀족 도련님이 친히 손을 쓰셨어? 남자가 돼서 그 정도밖에 못하냐?"

콰앙!

"크윽."

흉터괴물은 나를 단상에 집어 던졌다. 단상의 위가 아닌, 1m가량 솟은 그 부분에 말이다. 단상의 1m 벽에 처박힌 나는 등이 끊어지는 듯한 고통에 휩싸였다.

흉터괴물은 공포 그 자체였다.

이 공포에서 벗어날 수만 있다면 무엇이라도 할 수 있을 것 같았다. 심지어 악마에게 내 영혼을 팔 각오도 되어 있었다.

"이제 흥이 안 나네. 제발 반항 좀 더 해봐. 그렇게 마냥 바닥에 누워 있을 거야? 고귀한 귀족 도련님이 그런 데 처박혀 있어도 돼? 명예나 자존심은 어디에다 팔아버린 거지?"

신과 마찬가지로 악마 역시 내 구원에는 조금도 관심없었다.

대신…….

"그만 하세요."

신, 악마 대신에 발레키가 나섰다.

흉터괴물은 그제야 중앙 복도에 학생들 이외에 교수 역시 있다는 사실을 알아챘는지 나에게서 황급히 떨어졌다. 발레키의 말이니까 그냥 무시해 버릴 거라고 생각했던 것과는 크게 다른 행동이었다.

마치 뻣뻣대마왕이 그만 하라고 말한 것같이 느껴졌다.

"만약 오늘은 물론이거니와, 또 한 번 이런 식으로 학생을 건드리는 일이 생기면 용납하지 않겠어요."

어깨에 닿는 놈의 은발이 살짝 일렁거리는 게 놈의 독특한 카리스마를 돋보이게 했다.

발레키에게도 무게있는 모습이 있다는 사실이 놀랍기도 했지만…….

'이미 모욕은 당할 만큼 당했어. 지금에서야 흉터괴물을 제지하는 이유가 뭐야?

흉터괴물에게 느낀 분노의 감정이 발레키에게 고스란히 전해졌다.

"죄송합니다."

흉터괴물은 믿을 수 없을 정도로 깍듯하게 사과를 했다. 거기에서 끝이 아니었다. 흉터괴물은 나를 일으켜 주면서 먼지까지 털어주었다.

그리고 내 귓가에 작게 속삭였다.

"이 정도로 봐주겠어. 앞으론 조심해."

앞으로 두고두고 흉터괴물이 날 괴롭힐 거라고 생각했지만, 발레키의 경고 때문인지는 몰라도 흉터괴물은 나와의 관계를 깔끔하게 접었다.

말뿐일 수도 있지만 그렇다면 굳이 속삭여 나에게만 들리게 할 필요까지는 없었다.

"이제 암울한 분위기는 그만. 다시 이번 선거에 대한 이야기로 돌아가겠어요."

나는 천천히 중앙 복도를 벗어나기 시작했다. 더 이상 이곳에 서 있을 수가 없었다. 나를 노려보는 평민들의 시선을 견뎌낼 수 없었고, 흉터괴물과 같은 공간에 있는 것 역시 견딜 수 없었다.

괴로웠다.

"지금 선거에서 주몬의 후보가 뽑혔다는 걸 모두 알고 계시죠?"

나는 발걸음을 멈췄다.

발레키의 어조.

살짝 장난기가 묻어 나오는 어조가 마음에 들지 않았다. 분명히 어이를 상실하게 하는 말을 할 것이다. 그게 무슨 말일지 궁금해졌다.

"재선거! 재선거!"

당연하지만 흉터괴물은 재선거를 외쳤다. 그러자 그를 시작으로 다른 평민들 역시 입을 모아 재선거를 외쳤다. 사실 나는 기권이 아니라 탈락이었다. 기권이든 탈락이든, 캡틴이 없으면 재선거를 해야 한다. 상식적인 아주 당연한 절차였다.

"……."

하지만 발레키의 눈빛.

그의 미묘한 눈빛은 그가 상식적인 인물이 아니라는 사실을 새삼 일깨워 준다.

"주몬의 대표는 쿠삭이에요. 그리고 이번 선거에 의해 주몬의 후보가 뽑혔으니 차기 크로우 캡틴 자리에는 쿠삭이 오른답니다."

"……."

입이 쫙 벌어졌다.

나뿐만 아니라 다른 평민들도 물 폭탄을 맞은 얼굴들이었다.

"말도 안 돼! 분명히 저 사기꾼이 후보였잖아! 그리고 자격 미달로 탈락되었고!"

누군가가 용기있게 외쳤다. 모든 평민들의 의문을 잘 담아내고 있었는지 다른 놈들도 모두 고개를 끄덕이며 '맞아, 맞아' 라고 말하고 있었다.

발레키는 여유로운 표정으로 품 안에서 서류를 꺼냈다.

"제가 원래는 조금 치밀한 성격인데, 요즘 일이 많다 보니 후보자를 바꾼다는 걸 까먹어 버렸네요."

"……"

이 캡틴의 후보에 출마할 수 있는 조건은 두 가지였다. 크로우의 일원이어야 하고, 같은 계열에 다른 후보자가 있으면 안 된다.

간부들의 합의하에 후보자를 바꿀 수 있는데, 그때는 서류화되어 있는 원래 후보의 이름을 지우고 다른 후보의 이름을 써내야 한다. 그리고 마지막에 인장을 찍어 봉인해야 후보를 바꾸는 절차가 서류상으로 끝난다.

서류상으로 후보를 바꿀 수 있는 권한을 가진 사람은 각 계열의 사감으로서, 주몬의 경우에는 발레키라고 할 수 있었다.

나를 포함한 모두의 얼굴에는 '네가 어디가 치밀해!' 라고 쓰여 있었다.

그를 단 하루, 아니, 5분만 봐도 그의 게으른 성격을 파악할 수 있었다.

"그럼 제게 부여된 권한으로 쿠삭을 크로우 캡틴으로 확인합니다. 캡틴 취임식은 쿠삭이 의료원에서 나오는 날에 대충 하겠어요."

발레키는 그렇게 여유롭게 중앙 복도를 나섰다. 남자가 엉덩이를 흔들거리면서 걷는 건 둘째 치고, 자기 멋대로 캡틴을

확인하고 가버리는 저 안하무인의 행동은 어디서 나오는 걸
까?

사실 생각해 보면 발레키의 행동은 서류상으로는 문제가
없었다.

투표는 후보자의 이름을 써넣는 게 아니라 간단하게 '계
열'의 이름을 쓰는 것이다.

서류상에는 투표의 결과가 '주몬 XXXX표, 사이 XXX표,
바알 XXX표' 이런 식으로 기록된다.

그리고 발레키의 말대로 서류상으로 쿠삭이 주몬의 후보
였다.

결론을 내자면, 주몬의 후보 쿠삭이 압도적인 표 차로 캡틴
이 된다.

"……."

모두가 이 선거의 무의미함을 알았다.

하지만 그 누구도 발레키에게 가서 따질 생각을 하지 않았
다. 발레키에게 따져 봤자, '서류상 맞잖아요? 귀찮게 재선거
를 할 필요가 또 있나요?'라고 말할 게 분명했다.

그리고 그 누구도 쿠삭이 캡틴이 되는 데 반대를 하는 것
같지 않았다.

발레키의 탁월한 진행하에 요하네스 크로우 캡틴 선거는
끝이 났다.

발레키스럽게…….

14

당연하게도 선거 이후 평민들이 나를 대하는 게 극에서 극
으로 바뀌었다.

요하네스의 최강자로서 대우를 받았을 때는 상당히 좋았
다. 벽난로의 자리도 쉽게 얻을 수 있었고, 불편한 게 있으면
환상얼굴이 챙겨다 주었다.

나를 아니꼽게 쳐다보던 상급생들은 모두 나를 조심스럽
게 대했고, 여자들이 나에 대해 좋은 이야기를 하는 게 자주
들렸다.

이게 극의 한쪽이었다.

그 반대쪽은 지금 경험하고 있었다.

나는 더 이상 벽난로의 주위에 앉을 수 없었다. 가서 앉으
려는 눈치만 보여도 나를 저 멀리 밀어버렸고, 말로 표현하지
는 않았지만 '허풍쟁이, 가만히 찌그러져 있어' 라는 눈빛을
매번 보냈다.

상급생뿐만 아니라 동급생들 역시 나를 경멸하는 눈으로
봤다.

이제 평민들에게 있어서 나는 '싸가지없는 귀족의 탕아'

에다, '정말 가진 건 쥐뿔도 없으면서 괜히 있는 척하는 한심한 놈'으로 찍혔다.

길을 지나갈 때마다 나를 툭 치고 지나가는 놈들이 부지기수였고, 대놓고 욕을 할 때도 있었다.

평민들이 나를 쓰레기 취급하는 것보다도 더 열 받는 게 있었다면, 그건 바로 나의 무능력함이었다. 동급생 중에서는 몰라도 바로 2단계의 상급생만 해도 나보다 월등한 검술 실력을 지녔다.

2단계 상급생이 시비를 걸자 감정을 이기지 못하고 내가 대련 신청을 한 경험에서 깨달을 수 있었다.

놈들의 검술은 진짜였다.

대륙의 평민 중에서 가장 재능있는 놈들만 추려서 가르치는 게 요하네스인 줄 잘 알고 있었지만, 그 재능이 어느 정도인지는 최근에 겨우 깨달았다.

그들은 배우면 는다.

아무리 배워도 검술이 늘지 않는 놈도 있는데, 이 요하네스에 모인 놈들은 전부 천부적인 재능을 가진 놈들이었다.

오랜 시간이 지나지 않아 나는 평민들에게 있어 놀림감이 되었다는 사실을 깨달았다.

꼭 무리가 모이면 한 명은 그 무리에 제대로 어울리지 못하고 놀림감이 된다. 무슨 일만 있으면 그놈만 가지고 놀리고 서로 웃고 즐긴다. 놀림감의 기분은 안중에도 없다.

한 인격을 모독하면서 자신들의 즐거움을 찾는다.

나는 그 모독되는 대상이 되고 있었다.

아신 가의 크리스티안 줄리어스 아신이 말이다.

더 이상 참을 수 없었다.

나의 무능력함에 치가 떨렸다.

나는 내가 미치지 않고는 하지 않을 행동을 했다.

"무슨 일이지?"

뻣뻣대마왕은 산더미처럼 쌓인 서류를 책상 한 편에 두고 빠르게 해치우고 있었다.

"강해지고 싶어."

내가 들어왔을 때도 쳐다보지 않고 서류에 집중하고 있던 뻣뻣대마왕이 펜을 내려놓았다. 오랜 경험으로 미루어보건 대 그 어떤 일이 있어도 놈은 서류 작업을 중간에 그만두지 않았다.

내 말이 놈에게 있어 그만큼 충격적이었단 뜻이다.

"너는 누구지?"

"……."

"내가 아는 크리스는 그런 말을 하지 않는다. 크리스의 얼굴을 한 너는 누구지?"

"안 웃기니까 그만둬."

뻣뻣대마왕이 농담을 할 줄은 꿈에도 몰랐다.

"웃으라고 한 말 아니다. 너는 누구지?"

"……."

나는 뻣뻣대마왕이 진지하다는 걸 깨달았다. 생각해 보면 그가 죽었다 깨어나도 농담을 할 리가 없는데…….

"크리스티안 맞으니까 그 바보 같은 질문 좀 그만 할래?"

슬슬 짜증이 치민다.

아무리 내가 평소와는 다른 말을 했다고 하지만, 어떻게 다른 사람 취급을 할 수 있는지…….

"……."

뻣뻣대마왕은 자기의 볼을 꼬집어보기도 하고 눈을 연신 비벼보기도 했다.

"꿈도 아니고 환상도 아니라는 건가? 혹시 악마의 시험인가?"

"악마가 이런 시험을 왜 해?"

"그건 그렇군. 강해지고 싶은 이유는 뭐지?"

내가 나라는 사실을 남에게 설득시켜야 하는 날이 오게 될 줄 몰랐다.

나는 고개를 힘없이 흔들며 입을 열었다.

"무시당하고 싶지 않아. 그리고 지금 나를 무시하는 모든 놈들에게 전부 복수할 거다."

뻣뻣대마왕은 나를 한심하다는 듯이 쳐다봤다.

"사춘기가 지날 나이가 되지 않았나?"

"……."

얼굴이 화끈거린다.

분명히 방금 전까지만 해도 그럴싸한 이유라고 생각하고 있었는데, 뻣뻣대마왕의 말을 듣자마자 그의 말대로 '유아적인' 이유 같았다.

"젠장, 그냥 못 들은 걸로 해."

사실 내가 놀림감이 된 건 모두 뻣뻣대마왕의 책임이었다.

내가 그런 뻣뻣대마왕에게 도움을 청하러 왔다는 게 우스웠다.

내가 등을 돌리기도 전이었다.

"정말 강해지고 싶은가?"

뻣뻣대마왕의 검은 눈빛이 반짝였다.

"그래. 약해 빠져서는 아무것도 못해."

바드득!

이빨을 갈았다.

내가 강하다고 생각했을 때의 평민들의 태도와 지금의 나를 대하는 평민들의 태도는 판이하게 달랐다. 어떻게 사람이 그렇게 변할 수 있는지 이해할 수가 없었다.

이젠 이해하고 싶지도 않았다.

"적어도 열망은 생겼군. 게다가 자신의 분수까지 잘 알고 있고."

"……."

칭찬인지 욕인지 모르겠다.

아마 욕이 아닐까 싶다.

"좋다. 특별 훈련을 시켜주겠다."

"특별 훈련은 매일 하잖아!"

나는 아직도 왼손 단련 훈련을 하고 있었다. 처음에는 마음이 심란해서 하지 않으려고 했지만, 뻣뻣대마왕이 억지를 써 가며 나를 굴렸다.

이후에는 자발심이 조금 들어간 상태에서 훈련을 버텨냈다.

놈에게 시달리는 시간만큼은 평민들의 시선을 받지 않아도 되어서인지 심적 부담이 덜했다.

"그럼 조금 특별한 훈련을 준비해 주지."

"……."

나는 잠시 신선한 충격에 몸이 굳었다.

내가 이곳에 제 발로 걸어오다니……. 미친 게 분명했다.

"너 지금 웃고 있냐?"

나는 뻣뻣대마왕에게서 희미한 미소를 발견할 수 있었다.

물론 내가 지적하자마자 금세 사라졌다.

"미쳤나?"

"솔직히 내 괴로움을 덜어줄 생각은 조금도 없지? 그냥 날 괴롭힐 생각에 내 부탁을 들어준 거지?"

"그럴지도."

"……."

내가 미쳐도 단단히 미쳤다.

뻣뻣대마왕에게 도움을 청하러 오다니…….

내가 자괴감에서 헤어나오기도 전이었다.

"그럼 일단 십자 베기 300회로 몸을 풀겠다."

"뭐? 그게 몸을 푸는 거냐?! 그리고 지금 말고 다음에! 그러니까 다음 주 정도에 하자는 거지 누가 지금 당장 하자고 했나?!"

"검술에 있어 내일은 없다. 오늘, 지금서부터 수련을 해야 성과가 있다. 간단하게 300회로 몸을 풀고, 이후 스텝을 곁들인 찌르기 400회, 일자 베기와 찌르기 번갈아가면서 500회를 추가로 오늘 하루를 마친다. 알겠나?"

"노, 농담하지 마! 안 웃겨!"

뻣뻣대마왕은 무표정으로 날 노려봤다.

"내가 농담하는 걸 본 적 있나?"

"……."

어쩌면 나는 평생 후회할 선택을 했는지도 모른다.

그렇지만 이상하게도 가슴은 따뜻했다.

마치 옳은 선택을 한 것처럼…….

『요하네스』 3권에 계속…

무한 상상 · 공상 세계, 청어람 신무협&판타지

설봉 新무협 판타지 소설!
절대로 놓칠 수 없는 2006년 최고의 걸작!!

마야(魔爺) / 설봉 지음

강렬하다……!
절대적 무협 지존!
『마야』
(魔爺)

소사(小事)로 시작되어 천하대란(天下大亂)으로 이어지는 끝없는 피의 역사…

북검문(北劍門)과 남도문(南刀門)의 탄생이었다.

두 세력은 장강을 경계 삼아 전쟁을 방불케 하는 싸움을 벌이고 있다.
삼십 년…… 삼십 년 동안이나…….

그리고 절대 죽을 것 같지 않던 그가 죽었다.

**"나를 죽인 건…… 큰 실수야.
나보다 훨씬 무서운… 곧… 곧 너희를…….”**

무한 상상·공상 세계, 청어람 신무협&판타지

『한백무림서』11가지 중『무당마검』,『화산질풍검』을
잇는 세 번째 이야기『천잠비룡포』의 등장!!

천잠비룡포(天蠶飛龍袍) / 한백림 지음

천상천하 유아독존!!
새로운 무림 최강 전설의 탄생!!

『천잠비룡포』
(天蠶飛龍袍)

천잠비룡황, 달리 비룡제라 불리는 남자.

그는 누군가의 명령을 받고 움직이는 남자가 아니다.
그는 자신의 적을 앞에 두고 물러나는 남자가 아니다.
그는 자신의 이름 안에 있는 자들의 원한을 결코 잊는 남자가 아니다.

그 누구보다도 결정적이고 파괴력있는 면모를 지닌 남자.
황(皇)이며, 제(帝). 그것은 아무나 지닐 수 있는 칭호가 아니다.
그는 제천의 이름으로도 제어할 수가 없는 남자였다.

무적의 갑주를 몸에 두르고
가로막은 자에게 광극의 진가를 보여준다.

FANTASY
FRONTIER
SPIRIT

무한 상상 · 공상 세계, 청어람 신무협&판타지

「표사」,「소환전기」를 뛰어넘는
참신한 재미와 쾌감을 선사한다!

청바지와 박스티 같은 무협 소설!
쉽고 재미있는, 편한 무협을 즐겨라!

『잠룡전설』
(潛龍傳說)

잠룡전설(潛龍傳說) / 황규영 지음

"주유성?
영웅이지. 하늘이 내린 사람이야.
그 사람 게으르다고?
에이, 난 그런 소문 안 믿어.
게으름뱅이가 어떻게 그런 엄청난 일들을 해?"

강호에 내린 희대의 겁난.
하늘은 엄청 센 놈을 영웅이랍시고 내린다.
하지만…….
젠장! 엄청난 게으름뱅이다!!

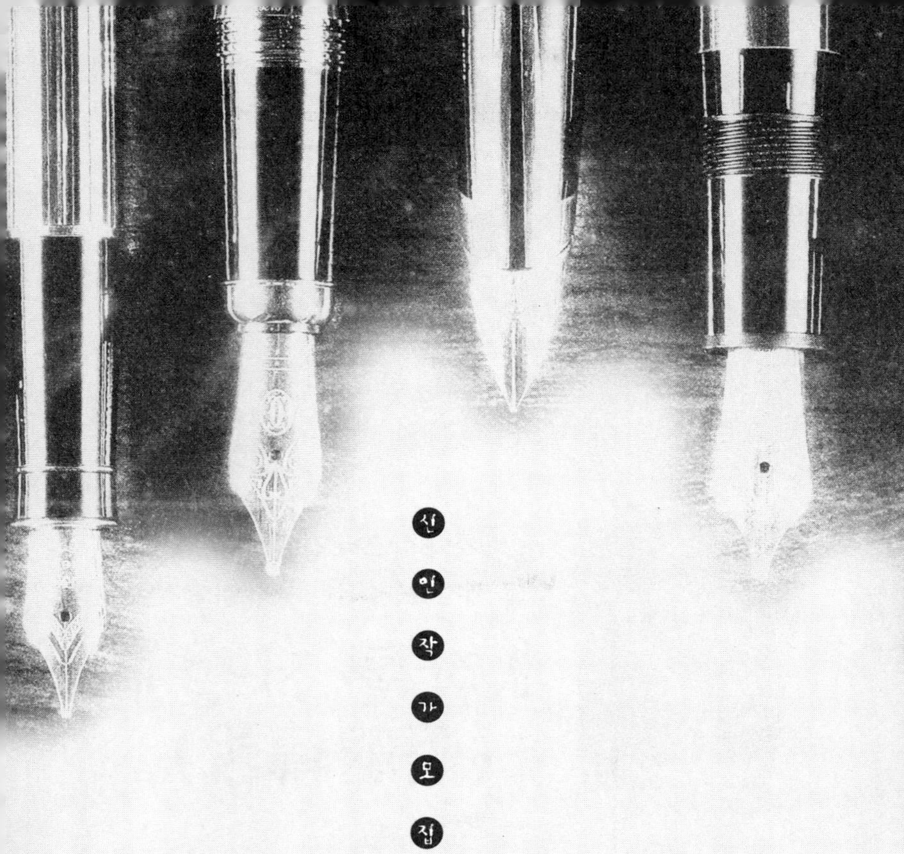

지금 유전자가 말하는 사랑과 성의 관한 솔직 대담한 진실이 펼쳐집니다!

남편의 후광을 등에 업는 것은 까마귀와 인간뿐…

모두에게 바보 취급받던 독신 암컷이 단번에 인생대역전을 해서
서열 1위인 수컷의 아내 자리를 차지하게 될 수도 있다는 말입니다.
모든 여성이 이상형의 남자와 결혼할 수 있는 것은 아닙니다.
적당한 선에서 타협하여 적당한 사람과 결혼하지요.
하지만 솔직히 말해서 당연히 멋진 남자가 더 좋지 않겠습니까?
따라서 여성은 생각합니다.
'그럼 어떻게 하지? 유전자만이라면 가질 수 있어!'
그리하여 장기계획형이나 단기승부형과 같은 여러 가지 방법의
외도가 생겨나는 것입니다.
물론 모든 여성이 이를 실행에 옮기지는 않습니다.

하지만 기회가 있다면 어떨까요?
다른 조건과 이미 타협을 봤다면?
남편이 사소한 일은 눈치 못 채는 둔한 남자라면?
뭔가 유전자의 음모가 느껴지지 않습니까?

실패를 모르는 남자 선택법!
「내 남자친구는 왼손잡이」 법칙

어째서 여성은 왼손잡이 남성에게 마음이 끌리는 걸까요?

여기서 기억해야 할 것은 몸의 좌우와 뇌의 좌우는 원칙적으로 반대 관계라는 점입니다.
따라서 왼손잡이 남성은 우뇌가 발달했습니다.
발달했다는 사실이 왼손잡이를 통해 반영된 것입니다.

그리고 두 번째로 생각해야 할 것은 우뇌는 남성 호르몬의 일종인 테스토스테론에 의해 발달한다는 점입니다.
요약하자면 왼손잡이 남성은 우뇌가 발달했는데, 그것은 테스토스테론 수치가 높기 때문입니다.
그것은 다름 아닌 생식 능력이 높다는 것을 의미하지요.

「내 남자 친구는 왼손잡이」에 감춰진 의미는… 내 남자 친구는 생식 능력이 높아… 인 것입니다.

입소문을 통해 아는 분은 다 알고 계십니다!
올 한해 공인중개사 최고의 화제작!

1~2권 합본 | 이용훈 지음
3~4권 합본 | 이용훈 지음
5~6권 합본 | 이용훈 지음
용어해설 | 이용훈 지음

수험생 기본 필독서
만화 공인중개사

제목 : 만화공인중개사 쓰신 분에게 감사드립니다.

학원을 두 달 다녔어요. 근데 과연 그 숫자 외우기 그런 게 몇 문제나 나올까 생각을 했어요.
아니라는 생각이 드네요. 학원강의를 뒤로하고 서점을 갔어요. 내 머리에 가장 이해될 수 있는
책이 없나 하구요. 거기서 만화를 발견했어요. 무조건 세 번 봤어요. 3개월 걸렸어요. 문제집을 보라고
했는데 그건 시행을 못했어요. 근데 합격을 했네요.
어떻게 감사의 말을 해야 될지……
도서관에서 만화책 들고 다니니까 사람들이 비웃더라구요. 만화책으로 공인중개사를 공부한다고
미친 사람처럼 보더라구요. 근데 그거 다 감수하고 했던 내가 자랑스럽습니다.
어떻게 감사의 말을 해야 할지… 정말 감사합니다.
부디 행복하세요. 제 나이 41살에 좋은 스승을 만난 것 같습니다.
엎드려 감사드립니다.

—본사 홈페이지에 독자분이 올린 메일 中 에서 발췌—